Birkengreith

Birkengreith. Wer es hier schafft, schafft es überall.

Bernhard Valta

Birkengreith

Impressum

Bibliografische Information der Deutschen Nationalbibliothek:
Die Deutsche Nationalbibliothek verzeichnet diese Publikation in
der Deutschen Nationalbibliografie; detaillierte bibliografische
Daten sind im Internet über http://dnb.dnb.de abrufbar.

© 2020/21 Bernhard Valta
editionACHTECK

Lektorat: Walter Bradler jun.
Photos: August Puchmann
Umschlaggestaltung: Alfred Valta

Herstellung und Verlag: BoD – Books on Demand, Norderstedt

ISBN: 978-3-7526-4080-9

Hinweis:

Der Text verwendet aus Lesevereinfachungsgründen
manchmal – oder öfters – ok, fast immer -
die männliche Ausdrucksweise.
Der Autor wendet sich aber auch selbstverständlich
mit besonders zärtlicher Zuneigung an alle Damen
in Birkengreith und weit darüber hinaus!

Inhalt

BIRKENGREITH

Im Titel dieses Büchleins steht zentral die Ortsbezeichnung Birkengreith. Es gibt eine Ortschaft ähnlichen Namens zwar real in der südöstlich von Graz gelegenen Marktgemeinde Vasoldsberg, doch haben sämtliche Beiträge mit dieser noch eher wenig besiedelten Gegend keinen ausdrücklichen Bezug, sie könnten genauso gut irgendwo anders entstanden sein. Das soll aber nicht heißen, dass die Geschichten nicht doch irgendeine Verbindung zu dieser Gegend haben, ganz im Gegenteil. Wenn Forscher in einigen Jahren eine Technik erfunden haben werden, um aus den menschlichen Gedanken verschiedenste Essenzen herausfiltern zu können, wird man mit Sicherheit auf den diesbezüglichen Laborberichten lesen können, dass hier Spuren von Umwelteinflüssen nachweisbar sein werden, die nur hier in der Gegend um Birkengreith lokalisierbar sind, CSI Birkengreith sozusagen.

Beschäftigen wir uns doch pseudowissenschaftlich einmal mit dem sogenannten „gemeinen Birkengreither", dem Homo Birkengreithensis. Entdeckt wurde er etwa um die Zeit vor der Wende vom 19. ins 20. Jahrhundert. Weil im damaligen Jahr einer der wärmsten Winter seit Menschengedenken gemessen wurde, war auch der Gletscher auf dem Schemerlberg, dem Hausberg der Birkengreither, geschmolzen und legte so manches bis dahin im ewigen Eis Eingefrorenes frei. Ein hiesiger Bauer war nach einer ausgiebig gefeierten Jahreshauptversammlung der Freiwilligen Feuerwehr um die Mittagszeit, auf einer kleinen Gesteinsgruppe liegend, erwacht. Aufgrund eines augenblicklichen Hustanfalls drehte er sich mehrmals hin und her, dabei blinzelte ihm plötzlich etwas metallen Blinkendes aus einer Ritze zwischen den Steinen entgegen. Nach einigen Versuchen gelang es dem Bauern Steinklinger, dieses Etwas herauszufischen. Und noch etwas kam dahinter zum Vorschein, eine kleine blaue Figur mit einem weißen Mützchen!

Sofort, also nachdem er zuerst nach Hause gewankt war, noch vier Stunden lang in seinem Laubbett geschnarcht hatte und damit ohne es zu wissen, eine achtköpfige Mäusefamilie zum emigrieren veranlasst hatte, die Geschichte seiner Frau erzählt hatte, währenddessen ein Einhornschnitzel schmausend, sich danach im Gasthaus Pfingstler bei mehreren Hörnern Met endlich beruhigt hatte, danach wieder eingeschlafen war - also sofort nach dem Aufstehen am nächsten Vormittag brachte er eilends dieses Ding zum Dorfschreiber Bertl Weberl.

Da war er genau an den Richtigen gekommen. Denn Weberl betätigte sich in den vielen Stunden, an denen sowieso nichts vorgefallen war, im Büro mit allem, was irgendwie mit Geschichte zu tun haben könnte. Im selben Moment der Ansichtigwerdung dieses Dinges ratterte es in seinem Kopf wie bei einer, allerdings erst Generationen später und übrigens von einem ausgewanderten Birkengreither erfundenen, Registrierkasse. Alles um ihn herum vergessend, betrachtete Weberl das metallene Stück. Er hielt es ans Ohr, roch daran, schüttelte es, klopfte mit dem Finger darauf, hielt es über ein offenes Feuer, kühlte es im kalten Bachwasser ab, ganz so wie es dem wissenschaftlichen Stand der

Zeit entsprach. Tage vergingen, Wochen, Monate. Dann, der ersehnte Durchbruch!

Sein Enkelkind Pezi kam zu Besuch, sah zuerst die weißblaue Figur und dann dieses Ding. Pezi nahm seinen Rucksack ab, holte einen kleinen Kasten hervor und gab das Metallstück hinein. Es passte genau. Er nannte sein Gerät Dinocordus, drückte auf eine Stelle auf der Seite und eine heisere Stimme krächzte in die ruhige Blockbohlenstube.

„Griaß enk, i bin der Ull! Wenn ihr des einmol hörn werds, haßt des, i bin net mehr am Leben. Wir hobm jetzt schon des zweite Johr kan Sommer g'hobt, es ist kolt, es regnet und der Schnee follt ständig. I muaß enk olle warnen, dass mit eich net a so geht, wie mit uns do in der Eiszeit. Mir hobn des net wohrhobn wölln, dass mit unsan Verholten a Klimawandel eingetreten is. Mir hobm fir insare Häuser vüle Bam umgschnittn, hobm ohne nachdenken in die Flüsse einigludelt und no vüles mehr. Heite miass ma des bitter bereuen. Des Wetter hot sich geändert, es wochst nichts mehr, drum hobma a nichts mehr zum Essen. Sogor mei treues Alpaka mit seim liabn Gsichtl hob i miaßn schlochtn. I bin der letzte do von unserm Dorf, wohrscheinlich bin i a der letzte Mensch auf dera Wölt. Drum, wenn des überhaupt jemals wer entdecken sollte, huachts zua, wos i enk jetzt derzöhl, passt guat auf und mochts es besser als wir. Mocht's die ..."

Für etwaige Leserinnen aus höher zivilisierten Gegenden wie Rostock, Salzburg oder Bern, hier die beglaubigte Übersetzung in die Schriftsprache:

„Grüß dich, ich bin der Ull! Wenn dies jemals jemand hören wird, heißt das, ich bin in die ewigen

Jagdgründe gegangen. Schon das zweite Jahr in Folge gibt es keinen richtigen Sommer, es ist kalt, es regnet oder es schneit. Ich muss euch alle warnen, damit es euch nicht auch so ergeht wie uns mit dieser Eiszeit! Niemand wollte wahrhaben, dass unser Verhalten einen Klimawandel verursacht hat. Wir haben ganze Wälder abgesägt, ohne nachzudenken unsere menschlichen Auslassungen in Flüsse geleitet und vieles mehr. Heute bereuen wir dies bitter mit dem Wetterwandel! Nichts wächst mehr, darum haben wir nichts mehr zu essen. Sogar mein treues Alpaka-Lama musste ich aus Hungergründen verzehren. Aus unserem Dorf bin ich der letzte Überlebende, möglicherweise der letzte Mensch auf der Welt. Mein eindringlicher Appell an dich, der dies hören kann - hört meine Worte, passt gut auf und macht nicht unsere Fehler! Macht die..."

Damit brach aber die Stimme leider ab. Was Weberl und Pezi auch versuchten, das Ding blieb still. Erst viele Jahre später nahm eine Physikerin, deren Name so ähnlich wie Curry lautet, dieses eigenartige Ding unter ihre Briefmarkenlupe. Und wirklich, mit Hilfe ihrer zwölfjährigen Tochter konnten die Aufnahmedaten am sogenannten Dinocordus rekonstruiert werden! Dabei kamen aufsehenerregende prähistorische Internetdaten zutage, mit großer Wahrscheinlichkeit auch persönliche Angaben! So soll dieser Ull den Beinamen - der Fasold - getragen haben, der Mann war mit etwa 155 Zentimeter für damalige Verhältnisse relativ groß. Die Experten schickten eine Suchmannschaft an den Fundort, die mit größter Vorsicht tatsächlich noch einen Lederbeutel mit Pfeilspitzen und Nahrungsresten bergen konnte. Nachdem der Streit, auf welchem Hoheitsgebiet dieser Ull gefunden worden war, mit einer astronomisch hohen Ablösesumme beigelegt werden konnte, wurde für ihn auf der Burg Birkengreith ein eigenes Museum eingerichtet!

Heutzutage sind typische Birkengreither Frauen und Männer von durchschnittlicher Gestalt, zwischen einsfünfzig und einsachtundneunzig Zentimeter groß, das sind umgerechnet dreiundsechzig Zoll und kann gehen bis etwa fünfundsiebzig Zoll. Durchschnittliches Gewicht variiert, kann statistisch gesehen von etwa 132 Pfund bis fast 150 Kilo reichen. Er - sie - sieht gerne fern – Fußball, Autorennen und Adelsbegräbnisse und ist in durchschnittlich drei Internetgruppen aktiv.

Ist sehr religiös. Betet nämlich alles nach, was ihm Influencer und sonstige Experten vorsagen. Der höchste Feiertag ist der mindestens einmal wöchentliche Waschtag für das Auto! Diesen Gottesdienst zelebriert man ausgiebig, man ist dabei gleichzeitig Lektor, Pfarrer und Dechant. Der Klingelbeutel wird dabei ordentlich gefüllt. Beliebt sind ebenfalls lange Sitzungen zum Stechen von Tattoos, meist in Form von Hirschgeweihen, Rollingstones-Zungen oder angeblich chinesischer Zeichen.

Man trinkt Bier oder süßen Sekt, hört Musik von Helene Fischer oder Rammstein.

Nun haben Sie also einen ungefähren Einblick in die Lebensweise des modernen Birkengreithers. Dazu muss man aber auch ehrlicherweise zugeben, dass Sie zwischen einem Birkengreither und einem Grammbachler, einem Haustettner oder gar einem Hallikreizwasler keinen großen Unterschied feststellen werden.

Was erwartet Sie also hier im Weiteren? Alles, was Sie sowieso kennen. Es werden besondere Menschen vorgestellt, Musikerleben verewigt, Fernseh- und Kulturfans kommen auf ihre Rechnung, Vorkommnisse an Feiertagen, in der Natur, zu Wahlzeiten, unterwegs, mit einer Dose und so manch häusliches Kleindrama werden erörtert bis hin zum stillen Betrachten der Weihnachtskrippe – also viel gut Bekanntes, was Ihnen aber dennoch verlässlich viele neue Erkenntnisse bringen wird.

Vielleicht sind sogar Sie selbst darinnen beschrieben?

Sie dachten, in dem Auto, das sie eine Zeit lang begleitet hatte, säßen Leute, die die Straßen für diese amerikanische Internetfirma auf der ganzen Welt abfahren und dass sie mit der auf dem Dach montierten Kamera sämtliche Straßen filmen hätten sollen. Gut, das haben sie schon getan! Doch gleichzeitig haben sie unbemerkt mit winzigen Kameras auch alle Menschen aufgezeichnet! Die Filme wurden anschließend in Labors analysiert, Spezialisten erstellten umfangreiche Analysen und die besten Wissenschaftler in den unterschiedlichsten Fachbereichen des Landes schrieben dicke Fachbücher über ihre Ergebnisse.

Auf streng geheimen Wegen sind diese Abhandlungen in meine Hände geraten! Ich tat dann etwas, was alle anderen erfolgreichen Autoren auch tun. Wie diese Experten destillierte ich die vorliegende riesige Informationsmenge in einem langen Prozess immer mehr und mehr. Herausgekommen ist eine, man könnte sagen - homöopathische Version der Aktenfülle - vergleichbar den Globulikügelchen zur ursprünglichen Ausgangslage. Mit diesem vorliegenden Werk ersparen Sie sich also das Wälzen vieler schwerer, dicker Bücherschwarten, Sie bekommen genau die Informationen, die für Sie wichtig sind! Trotz dieser Datenmenge, die auf kleinstem Platze vorliegt, werden Sie sich also nicht nur viel Geld ersparen, sondern auch enorm viel Lesezeit, das wiederum istgleich wertvolle Lebenszeit!

Einen letzten Tipp noch zum Schluss des Anfangs: Bevor Sie zu lesen beginnen, öffnen Sie Ihren bemalten Bauernschrank, ziehen Sie sich Ihre Trachtenlederhose an oder schlüpfen Sie in ihr Dirndlkleid. Richten Sie sich ein Glas mit naturtrüben Apfel- oder Marillensaft, setzen sie sich damit in ihren Bauerngarten und genießen Sie dieses Buch! Sie werden mir und dem weisen Spruch zustimmen, den schon die berühmte Romanfigur Baltus Powenz sagte:
„Alles verstehen, heißt alles begreifen!", denn
„Wer nichts weiß, muss alles glauben!"
(Marie von Ebner-Eschenbach, bzw. Sciencebusters)

Birkengreith, im Jahre Corona

EINSEN UND NULLEN

Fragen Sie mich nicht, wie das exakt funktioniert!

Mir wurde erklärt, dass die digitale Welt, also die Programmiersprache für den Computer, alleine aus der Kombination von Eins und Null bestehen soll.

Stellen Sie sich ein Bild vor: von links oben bis rechts unten - Einsen und Nullen in verschiedensten Anordnungen.

…

Ich bin etwas irritiert:

Verhält es sich denn bei uns Menschen nicht auch genauso?

ABLAUFDATUM

Teil 1

Ist Ihnen das auch schon einmal passiert?

Sie sitzen gemütlich im Sofa daheim im Ortsteil Kühlenbach. Kurt und Gustl haben es sich ebenfalls in den tiefen Ledersesseln bequem gemacht. Die mitgebrachten Chips und der ansehnliche Biervorrat hatten die Freunde schon in Stimmung gebracht und sie genießen gemeinsam das Viertelfinale der Fußball-Champions League. Achtzehn Minuten sind gespielt seit dem Anpfiff. Die Spanier rennen unter Führung des – wie sich jeder Reporter befleißigt fühlt zu sagen – kleinen Messi wie aufgezogen in Richtung der Engländer, es ist nur eine Frage der Zeit, bis sich durch das runde Leder deren Tornetz bauschen wird. Einen Schluck aus der Flasche zwischendurch mit einem Prost-Grinser zu den Freunden, der routinierte Griff in das Sackerl mit Chips. Die Stimme des Fernsehkommentators wird hektisch, alle schauen gebannt zur Mattscheibe, und: mit einem kleinen Zischer wird der Bildschirm schwarz!

Verzweifeltes Drücken an der Fernbedienung, sind die Batterien leer? Gustl stürzt hin zum Gerät, zieht an den Kabeln, aber alles ist in Ordnung. Hat sich irgendwas am Fernseher verstellt? Obwohl alle drei im Umgang mit technischen Geräten gewiefte Experten sind, bleibt der Bildschirm schwarz. Kurt sieht verzweifelt im Garantieschein nach. „Nein!", stöhnt er resignierend, aus und vorbei, genau zwei Jahre und 18 Tage sind seit dem Kauf verstrichen, die unwiderruflich geplante Obsoleszenz ist soeben eingetreten!

Teil 2

Heute ist der 16. Oktober 2013. Egon freut sich schon auf das Nachhausekommen, er hatte ganze drei Monate auf einer Baustelle in Uruguay verbracht. Im Auftrag einer Anlagenfirma überwachte er da die Montage der elektrischen Anlage eines Kraftwerkes. Viele tausende Meter von Kabelsträngen waren in die richtige Position zu verlegen und natürlich anzuschließen. Einen Streik der einheimischen Arbeiter musste er händeringend abwarten, immer wieder musste er zittern, ob das Material rechtzeitig eintrifft, und die schwierige Konversation mit den Leuten hatte die Leitung des Projektes auch nicht gerade leichtgemacht. Doch trotz aller widrigen Umstände war es ihm gelungen, die Sache erfolgreich zu beenden, sein Chef hatte ihm dafür eine Prämie zugesagt.

Einige Gründe also gaben Egon Anlass, sich auf das Wiedersehen mit seiner Frau und den Kindern zu freuen. Einen Blumenstrauß hatte er am Flughafen besorgt, um ihr eine Freude zu bereiten. Ganz wohl war ihm aber nicht gerade bei dem Gedanken an die Zeit vor seiner Abreise. Es hatte schon lange Zeit Spannungen gegeben und er hoffte, dass die Zeit diese geglättet haben mochte. Er war aus dem Bus ausgestiegen und ging, seine große Tasche und die Blumen tragend, die letzten 200 Meter mit gemischten Gefühlen auf sein mit viel Eigenleistung gebautes Haus zu.

Es kam ihm vor, als wäre es schon viele Jahre her, seitdem er das Haus zum letzten Mal verlassen hatte, er rechnete im Kopf schnell nach, doch es waren nicht mehr als drei Monate vergangen. Ein fremdes Auto stand in der Einfahrt, nirgends waren die Fahrräder der Kinder zu sehen, die sonst in der Gegend verstreut herumlagen.

Verwirrt versuchte Egon die Haustüre mit seinem Schlüssel aufzusperren, doch der passte nicht ins Schloss! Er läutete. Nach einiger Zeit wurde von innen ein Schlüssel umgedreht und langsam die Türe für einen Spalt geöffnet. Ein ihm völlig unbekannter älterer Mann fragte, was er hier wolle. Egon rief aufgebracht zurück, er selbst würde ja hier wohnen, was machte der Mann in seinem Haus? Der Mann sagte etwas versöhnlicher:

„Ach, sie sind der Vorbesitzer, aber ich habe das Haus vor zwei Monaten rechtsgültig gekauft!",

und er zeige ihm gerne den Kaufvertrag. Die Verkäuferin habe es eilig gehabt, mit den Kindern wegzuziehen. Wie versteinert stand Egon da. Er begann nervös an seinem Ehering zu drehen. Die Gedanken schossen ihm durch den Kopf und plötzlich fiel der Ring mit einem feinen Klingeln auf den betonierten Boden. Mit Mühe den Blumenstrauß haltend, klaubte er den Ring wieder auf. Sinnierend betrachtete er die Gravur auf der Innenseite: E + H für Egon und Helene. Doch verwundert las er etwas, was ihm vorher noch nie aufgefallen war, da stand: Ablaufdatum, haltbar bis 12. August 2013!

Teil 3

Die Wettervorhersage für heute ist ausgezeichnet. Bei prächtigem Sommerwetter haben sich hier im privaten Bereich des Grinzinger Nobelwirten Karl Schwindsackl mehrere Menschen zu einem geheimen Treffen zusammengefunden. Es sind dies drei Herren und eine Frau. Es handelt sich dabei auch nicht um irgendwelche Personen, die es sich schon jetzt am Morgen, wo sich die Sonne noch mit der zu erwartenden schwülen Tageshitze zurückhält, auf den massiven Bänken unter dem großen Kastanienbaum bequem machen. Keine Geringeren als die großen politischen Führer der Gegenwart sind hier unter starkem Personenschutz versammelt: der Russe Wladimir Putin, der Amerikaner Barack Obama, Chinas Xi Jinping und die deutsche Kanzlerin Angela Merkel. Sie alle waren der Einladung gefolgt, um hier ungestört von Medien die zukünftige Weltgeschichte zu planen.

Die Vernetzung der Welt erfolgte in den letzten Jahren auf derart rasante Weise, dass es für den Einzelnen oder kleine Gruppierungen mittlerweile unmöglich gemacht wurde, lokale und schnelle Entscheidungen zu treffen. Für jedes noch so kleine Problem hatte man die verschiedensten Gremien zu befragen, Kommissionen einzurichten, Volksbefragungen durchzuführen. All diese Prozesse benötigten selbstverständlich viel Zeit. Zeit, die die großen Wirtschaftsbetriebe nicht länger geben wollten. Die zehn größten über alle Kontinente verteilten Kapitalgesellschaften der Welt machten Druck auf die jeweiligen Regierungen, denn sie wüssten besser, was getan werden sollte. Ihre Größe mache es erforderlich, dass, um sichere Arbeitsplätze weiterhin garantieren zu können, sie das Tempo und die Ziele vorgeben müssten. Der Einzelne wäre ein Hindernis beim Durchzug der Befehlskette von oben nach unten.

Auch die Gewerkschaften waren schon seit längerer Zeit in alle Entscheidungen eingebunden und stolz darauf, hoch dotierte Posten in den Führungsebenen der Konzerne innezuhaben. Das Ziel schien erreicht, nicht mehr Befehlsempfänger zu sein, sondern gleichberechtigt mit den Bossen an einem Tisch zu sitzen, den Kuchen gemeinsam aufzuteilen und bei den Unternehmensstrategien mitentscheiden zu können. Ein Erfolg war nun errungen worden, von dem die Arbeiterführer zu Beginn des zwanzigsten Jahrhunderts nur träumen konnten, man hielt argwöhnisch, aber gemeinsam mit den Bonzen, das Seil der Macht in den Händen.

Sogar die früher komplizierte Verständigung untereinander war kein Problem mehr. Wie bei den letzten Olympischen Winterspielen in Russland zu hören war, sprechen mittlerweile fast alle Menschen – ob von China, Polen, Italien oder Norwegen, und sogar die meisten Russen – neuerdings die englische Sprache. Es sei nur die Frage gestellt, ob jeder einzelne wirklich versteht, was der andere gesagt hat.

Die großen Politführer genießen die Sonne, dazu den vorzüglichen Sauvignon Blanc sowie die dick bestrichenen Bratlfettbrote, die die emsigen Wirtsleute auf den länglich ovalen Holzscheiben-Tabletts servieren. Der Prominentenwirt, der sich selbst als einfachen Bauern bezeichnet, eilt derweil dienstbeflissen mit dem sogenannten Schnapshobel herbei, einem Brett, das aussieht wie ein in die Länge gezogener Hobel, worauf bis zum Rand gefüllte Schnapsgläser in kleinen ausgefrästen Rundungen sicher stehen. Mit überdrehter Fröhlichkeit nötigt er alle Anwesenden, ein Glas zu nehmen, und unter dem launigen Spruch „Prost, dass die Gurgel net rost´!", es auf einmal auszutrinken. Geschäftig beeilt er sich daraufhin wieder in den Gastraum zu kommen, um die Gläser neu aufzufüllen. Der Wirt denkt sich, so eine Chance kommt mit Sicherheit so schnell nicht wieder! Er freut sich schon auf das Ausstellen der Rechnungen an die jeweiligen Regierungsstellen.

Die Laune der mächtigen Staatsführer könnte besser nicht sein. Was könnte schöner sein, als hier unter Gleichgesinnten auf angenehme Art und Weise den Tag zu verbringen und gleichzeitig das Gefühl zu haben, für das Wohl der ihnen anvertrauten einfachen Menschen zu sorgen, deren Dankbarkeit sie sich im Vorhinein vergewissern dürfen. Ein Wohlgefühl erfasst die vier Leute, fast könnte man denken, hier ginge es um ein Familientreffen. Unter auffälligem Augenzwinkern bietet Obama Herrn Putin eine selbstgedrehte Zigarette an, dieser lacht auf Russisch, macht ein paar Züge und beginnt, sich das Hemd auszuziehen.

Frau Merkel kann sich vor Lachen nicht halten und möchte ebenfalls ein paar Lungenzüge machen. Putin läuft in das Innere des Gasthauses. Nach einigem Hin und Her hat er ein Gewehr entdeckt. Vom Wirt verlangt er feixend die dazugehörenden Patronen und stürzt damit ins Freie. Er fackelt nicht lange und nimmt die Gastgartenlampen ins Visier. Triumphierend schießt er eine nach der anderen kaputt. Angela Merkel läuft wie ein Hündchen neben ihm her und jubelt überschwänglich bei jedem Treffer, wobei ihr die Lachtränen aus den Augen fließen. Putin beginnt nun, die abgestellten Autos in die Höhe zu stemmen. Unter glucksendem Lachen verschiebt er tatsächlich alle Fahrzeuge zu einem Haufen. Danach erklimmt er das Dach eines Fünfer-BMW´s und trommelt sich wie Tarzan auf die Brust.

Inzwischen hat sich Frau Merkel zu Obama gesellt. Karl, der Wirt sitzt auch schon bei ihm und spielt mit seiner Zither das Lied vom „Dritten Mann". Dann singen sie gemeinsam das Bob-Dylan-Lied And the times they are a changing!

Niemand hat derweil auf den Chinesen aufgepasst, was sich möglicherweise noch als Fehler herausstellen könnte. Denn ganz unauffällig hatte dieser einige kurze Anrufe von seinem Mobiltelefon aus getätigt, mit dem Ergebnis, dass schon am nächsten Tag das urige Heurigengasthaus in seinen Besitz übergehen wird. Die Besitzer werden selbstverständlich ordentlich ausbezahlt und sollten bis morgen Früh das Haus verlassen haben. Die bisherigen Angestellten werden natürlich entlassen, tibetische Mindestlohnarbeiter sind schon mit dem Flugzeug hierher unterwegs. Den Namen des Lokals wird Herr Jinping zur Ehre Chinas umbenennen und ihm den Namen geben „Heuligel zum singenden Mandalin"!

Melancholie hat sich inzwischen eingestellt, der fleißig nachgeschenkte Alkohol tut seine Wirkung. Die Sonne hat sich unbemerkt verabschiedet, ein kühler Wind weht durch den ruhig gewordenen Hof. Die vier Staatsführer setzen sich alle an einen Tisch zusammen, die Stimmung ist plötzlich gedrückt. Der Wind wird heftiger. Einige Flaschen fallen um, zerbrechen am Boden. Servietten und Blätter wirbeln durch die Luft, die Werbetafeln wackeln bedenklich in ihrer Verankerung. Ein Tablett wird vom Wind aufgehoben und segelt im stürmischen Wellenflug genau in die Türe eines der abgestellten Autos, eine ordentliche Delle hineinzeichnend.

Die Staatsleute frösteln in ihrer Sommerkleidung, Putin hat das Hemd von einem Strauch abgenommen und angezogen. Noch einmal wird der Sturm stärker.

Auf einmal ist es still. Kein Laut regt sich. Die vier Kollegen starren sich erschreckt an, sie rücken noch enger zusammen. Über ihren Köpfen erscheint eine feurige Wolke, aus der es heftig blitzt. Eine donnernde Stimme ertönt:

„Genug gespielt! Es macht mich müde! Ich habe euch eine große Chance gegeben! Aber was ihr daraus gemacht habt, ist ungenügend. Ich habe euch alles mitgegeben, was nötig war! Ihr aber habt alles nur für eure egoistischen Geschäfte verbraucht, habt die Gebrauchsanleitung nicht studiert und die Warnhinweise nicht beachtet!"

Aus der Wolke blitzt und zischt es immer mehr, das Brodeln geht über in gleißendes Licht und verschlingt die vor kurzem noch so selbstbewussten Staatsoberhäupter. Kurz darauf ist es 256 Punkte – also absolut – schwarz.

EINSCHUB EINS

Hm, eigentlich sollte nun das Buch hier an dieser Stelle beendet sein, wenn nichts mehr da ist, kann es nicht mehr weitergehen. Kein A, kein F, kein Beistrich, Rufzeichen, nichts! Gar nichts. Der zweite, nun abschließende Urknall hätte ja alles Leben, für sagen wir einmal, 23 Millionen Jahre ausgelöscht. Einen Vorteil hätte es zwar gehabt: die ausstehenden Kreditraten für das Auto oder das Haus wären damit auch hinfällig geworden.

Die Erde könnte sich erholen.

Nach und nach hätte es dann wieder riesige Saurier und Flugechsen gegeben, die sich aus dem sich langsam zurückziehenden Meer herausentwickeln würden, viele Arten von Lebewesen wären entstanden. Es wäre wieder der Mensch entstanden, man würde wieder diskutieren, ob er vom Affen abstammt. Der Mensch würde sich vom Wesen, das sich auf allen Vieren fortbewegt, weiterentwickeln, sich langsam aufrichten und kultivierter und zivilisierter werden bis hin zur höchstmöglichen Krönung des Menschen, des zeitweilig ausgerotteten, nun wieder in steigender Population befindlich, dem österreichischen, pragmatisierten Beamten!

Im Vergleich zu der viele hundert Jahre dauernden Entwicklung nicht lange vorher würde sich der Mann aus dem Gletscher, dem man tausend Jahre später den Namen Ull geben wird, gerade zu seiner letzten, verhängnisvollen Wanderung aufgemacht haben, während sich einige exzentrische ehemalige Multimillionäre einfrieren lassen werden, in der Hoffnung auf eine später möglich werdende Auftauprozedur.

Ja, was wäre wenn...

Aber ich kann Sie beruhigen. Bei der vorigen Geschichte dreht es sich natürlich darum, dass ich mit oberlehrerhaft erhobenem Zeigefinger an Sie appellieren möchte, den Weg der Tugend zu beschreiten, dass Sie Ihre bösen egoistischen Triebe im Zaume halten, um mit einem gewissermaßen gutkatholisch schlechten Gewissen fürderhin Schulter an Schulter mit Gleichgesinnten das Böse mit aller Kraft und Leidenschaft zu bekämpfen!

Da Sie sich nach dem ersten Schrecken also wieder beruhigt in den bequemen Fauteuil in Ihrem Häuschen in Birkengreith setzen können, möchte ich Ihnen erzählen, wie man sich in der Bundeshauptstadt auf die nächste Wahl vorbereitet. Vorher würde ich Sie noch ersuchen, nicht zu vergessen, Ihre beiden Meerschweinchen mit ein bisschen Grünfutter und frischem Wasser zu versorgen!

DER REINBACHER FERDL UND DIE POLITIK

Der Speichel sammelte sich in seinem Mund. Es war der Gusto auf die kostenlose knackige Bratwurst mit Sauerkraut und Knödel. Der Reinbacher Ferdl stand wie geschätzte weitere sechzig einfache Leute aus den Arbeiterbezirken in der Reihe, die zum Würstlstand der SFVP, der Sozialfreiheitlichen Volkspartei führte.

Das hier und heute war ganz nach seinem Geschmack. Die da oben können ruhig auch einmal etwas für uns springen lassen, nicht immer nur kassieren und sich die Taschen vollstopfen! So dachte er und wusste, dass er sich in diesem Punkt mit den Anderen in der Reihe in vollem Einklang befand. Zwei Leute waren noch vor ihm und er musste sich mit dem Schneuztuch den Mund wischen – so einen Heißhunger hatte er inzwischen. Ärgerlich war nur, dass er nichts von dieser Veranstaltung gewusst hatte. Erst vor einer halben Stunde war er aus dem Gasthaus „Zum Fröhlichen Zecher" getreten, in voller Pracht seiner hundertvierundzwanzig Kilo, satt wie ein Krokodil, das soeben zwei gut genährte holländische Nonnen verschlungen hatte.

Aber diese Tatsache bereitete ihm kein großes Kopfzerbrechen. Ein bisschen was geht immer noch, das war sein Spruch am Biertisch bei seinen Kumpels. Er wäre ja deppert, würde er sich diese Gelegenheit entgehen lassen.

Nachdem der Ferdl sich zu seiner Portion noch zwei Gläser Bier besorgt hatte – weil auf einem Bein steht man bekanntlich schlecht – marschierte er zielsicher zur nächstbesten Biertischgarnitur. Da saß zwar so ein kleiner dünner Bursche, der aber zum Glück die Gefahr erkannte und blitzschnell mit seinen sieben Zwetschgen in die Höhe ging – also mit seinem alkoholfreien Bier und der Wurst auf dem Pappendeckelteller – und zu einem freien Platz flüchtete, weit weg von dieser die Sonne verdunkelnden Gestalt. Da sich der dünne Matthias nicht getraute, seine angebissene Semmel einzufordern, musste er sich eine neue holen. Leider waren die Semmeln inzwischen ausgegangen und er musste sich mit einem Brot zufriedengeben. Beim Zurückgehen sah er, dass der Ferdl fünf Stück Semmeln vor sich liegen hatte. Den sehnsüchtigen Blick von Matthias entgegnete dieser mit einem saftigen

„Schau net a so, sunst kriag i an Grant und du kannst noch meiner Behandlung in Minimundus einziagn!"

Ein kleiner Lärm war entstanden. Jemand hatte das Mikrophon der Lautsprecheranlage eingestöpselt. Die Anlage produzierte ein durchdringendes Pfeifen. Doch schon bald hörte das auf und eine Männerstimme redete betont fröhlich in das Mikro. „Liabe Leitl, schön, dass es heite kumman sads und noch dazu in solcher Stärke! Mir frein sich gewaltig, weil der politische Gegner unsere Überlegenheit bei der öffentlichen Mobilisierung von Wählerinnen und Wählern endlich anerkennen muss!"

Der Ferdl rief zur Bühne:

„Holt die Pappn do vurn, wos manstn mit Stärke, i bin mit dem Essen no net firti! Gehns Fräulein, noch a Bier!"

Der Sprecher ließ sich nicht aus der Ruhe bringen. Jetzt zeigte sich, wie wichtig die Schulungen und Seminare in der Parteiakademie waren! Routiniert und selbstsicher rief er zurück:

„Is schon guat, Kollege, mampf ruhig weiter an deiner Arbeitersalami! Und dazu a herzliches Glück auf!"

Die anderen Besucher lachten. Sie mochten diese Art von Disputen. Der Nachmittag versprach unterhaltsam zu werden. Der Mann am Rednerpult war der Bezirkssekretär Rudolf Sekotil genannt der fesche Rudi. Er konnte auf eine lange parteiinterne Laufbahn blicken. Er hatte sich vom kleinen, Mitgliedsbeitrag kassierenden, einfachen Mitglied, bis in die für ihn höchstmöglichen Höhen hochgearbeitet. Aufgewachsen war Rudi im typischen Arbeiterviertel, dem siebenten Bezirk. Die Familie stammte aus einfachsten Verhältnissen. Vom Vater weiß man nichts Genaues, die Mutter arbeitete als Hilfsarbeiterin in einer kleinen Siphonfabrik. Abends mussten auch Rudi und seine Schwester helfen, am Küchentisch Siphonkapseln zusammenzuschrauben.

Für die Partei war er bereit, alles zu geben. Selbst zwei schwere Herzoperationen konnten ihn daran nicht hindern, die Zielsetzungen seiner Fraktion konsequent zu verfolgen. Die Partei dankte es ihm bei seinem Eintreffen auch jedes Mal mit einer aufrichtigen Applauswelle. Er war einerseits stolz auf das Erreichte, andererseits aber auch mit der nötigen Demut bei der Sache. Was nicht viele Leute außerhalb seines engsten Mitarbeiterkreises wahrnahmen: er hatte aufgehört zu rauchen, trieb jetzt regelmäßig Sport und war sogar zum Vegetarier geworden. Er fühlte sich wie mit dreißig, seine zweiundsechzig Jahre sah ihm keiner an. Von den Parteizielen war er hundertprozentig überzeugt. Bei Wahlveranstaltungen wie heute, wurde er, wie gewohnt, von der ganzen Familie unterstützt. Seine Frau Ernestine, von ihm liebevoll Erni genannt, hielt ihm den Rücken frei, was die innerfamiliären Dinge betraf und war bei jeder Veranstaltung immer in seiner Nähe. Wenn seine Krawatte schief stand oder ein Fleck auf seinem Sakko – Erni sah alles und im Nu war das Problem erledigt.

Sein Sohn Walter, alle sagten Burschi zu ihm, hatte die Karriereleiter ebenfalls schon bestiegen. Er betreute die Bezirks-Internetseite seiner Partei und veröffentlichte stolz die wöchentlichen Zugriffszahlen mit einer aufwendig gestalteten PowerPoint Präsentation. Sie war natürlich auch für alle gängigen Betriebssysteme und Browser abrufbar und selbstverständlich barrierefrei gestaltet. Viel Zeit hatte Burschi auch für die gendergerechte Formulierung aufgewandt.

„Das ist heute einer der elementarsten Punkte!",

hatte ihm sein früherer Schulungsleiter Korinek eingetrichtert!

Die Seite startete mit einem gefälligen Flash Intro über die Sehenswürdigkeiten des Bezirkes. Da gab es den neugestalteten interreligiösen Kindergarten, von einer afrikanischen Schamanin in bunter Kleidung geleitet. Fröhliche Kinder aller Hautfarben. Dann las eine hübsche junge Frau, Insider wussten, es handelte sich um die Biggi von der Siebenerstiege, wie beim Bingo die Zugriffszahlen vor, gedacht für Sehbehinderte, während im Hintergrund eine Dame ihr ganzes Gebärdensprachen-Können zeigen konnte. Als nächstes lächelten die mit weißen Schutzhauben und Schutzanzügen gekleideten Arbeiter einer Konservenfabrik freundlich ins Bild, wiederum kontrastierend mit Kindern, die beim Verzehr der Dosenwurst die Augen zum Himmel drehten. Es folgten eine Reihe von Bildern mit blühenden Blumen und Sträuchern sowie Hündchen, die ihr Gackerl ins Sackerl machten. Burschi war froh, dass sie die Aufnahmen im Kasten hatten, kurz bevor die randalierenden Fußballfans der Blumenpracht wieder einmal ein jähes Ende gemacht hatten. Zum Abschluss grüßte der fesche Rudi, auf dem Rathausbalkon stehend, mit einer ausladenden Geste über das darunterliegende Blumenmeer mit den Worten:

„Heidling, a schöner Plotz zum Leben!"

Inzwischen war der Ferdl fertig mit seinem Essen. Die acht Gläser Bier, die er inzwischen intus hatte, spürte er ein bisschen im Kopf, dazu waren die sieben Krügel im Fröhlichen Zecher mitzurechnen. Er wollte gerade den Rudi in dessen Rede mit einem Schimpfwort unterbrechen, als sein Oberkörper ohne Ansatz nach vorn umkippte. Er war eingeschlafen. Laut krachend fiel er auf den Biertisch, wodurch aber die dünnen Eisensteherfüße unter dessen Gewicht einknickten. Zusammen mit dem Tisch polterte der Ferdl auf den Boden, ohne allerdings dabei aufzuwachen.

Geistesgegenwärtig unterbrach Walter seinen Vater, indem er ihn auf die Lage aufmerksam machte. Ungeachtet des an sich peinlichen Vorfalles, nützte er die Gunst der Stunde. Durch die Anlage kommandierte er schneidig:

„Bitte, die Leute vom Ordnungsdienst! Ein Notfall, Ordnungsdienst bitte!"

Walter war etwas unsicher, ob er vielleicht doch Ordnerinnen und Ordner hätte sagen sollen, aber schon liefen die Leute vom Rettungsdienst mit einer Tragbahre zum Ferdl. Sie trugen die bei einigen etwas zu groß geschnittene schicke Uniform mit sichtlichem Stolz. Burschi gratulierte sich insgeheim:

„Jeder sieht, wie gut bei uns das Ordnersystem funktioniert. Besser kann so ein Tag ja gar nicht mehr laufen!"

Tief beeindruckt vom perfekten Ablauf der Veranstaltung, versprachen viele der Anwesenden beim folgenden Aufruf, ihr Kreuz bei der kommenden Wahl bei der SFVP zu machen. Zur Feier des Tages gab es dann für die Verbliebenen noch eine Abschlussrunde, bei der alle restlichen Biervorräte an den Mann und erstaunlicherweise fast halbe-halbe auch an die Frau gebracht wurden. Der fesche Rudi verabschiedete sich von den Zuhörern. Er rief ihnen zu:

„Wie ihr seht, gibt's bei uns ka Problem, des wir net gemeinsam mit euch, liebe Heidlingerinnen und Heidlinger, lösen können. Darum in einer Woche: Liste 1, SFVP. Freundschaft und Glück auf!"

Unter dem gewohnten starken Beifall verließ der fesche Rudi mit seinen Getreuen die Bühne wie siegreiche Gladiatoren, während er noch allen erreichbaren Leuten die Hand drückte.

Vier Leute waren später dann nötig gewesen, um den Ferdl auf die Bahre zu hieven und in das Rettungszelt zu schaffen.

Dort schlief er grunzend seinen Rausch aus. Erst am kühlen Morgen erwachte er wieder. Sein erster Kommentar, bevor er noch die verschwollenen Augen geöffnet hatte:

„Gehns Fräulein, bringens mar a Bier!"

CASTING

Irgendwo im Ortsteil Aschenbachdorf, saß der vulgo Valtlbauer in der Sonne, an einen alten Birnbaum gelehnt. Mit verklärtem Blick und hoch konzentriert bohrte er mit dem Ringfinger in seiner Nase. Nach erfolgreicher Miniertätigkeit öffneten sich seine etwas ausgewaschenen blauen Augen und betrachteten mit Interesse und sichtlichem Stolz den prächtigen Fang. Nachdem er seinen Fund ausgiebig begutachtet und dabei über das Leben im Allgemeinen und speziell über sein eigenes tiefe Gedanken gewälzt hatte machte er ganz ohne Hast einen Fingerschnipps – und das Ding fand sich geschätzte drei Flugsekunden später und gut vier Meter entfernt in der Botanik wieder.

Nun ist hier für Forscher und Denker, die imstande sind, über den Tellerrand ihrer eigenen Wahrnehmung zu blicken, eine Gemeinsamkeit mit den vielen TV-Castingshows in der ganzen Welt erkennbar. Denn praktisch jeder Fernsehsender hat im aktuellen Angebot irgendeine Livesendung, in der zum Beispiel „Germanys Top Magermodel" oder „Österreich sucht die Superniete von heute" gekürt wird.

Potentielle Kandidaten strömen erstaunlicherweise in Massen hin zum sogenannten Casting, um sich von selbsternannten Leuten einer sogenannten Fachjury abkanzeln zu lassen und hämische Kommentare vor einem großen Fernsehpublikum einzustecken. Aber eine oder einer der Teilnehmenden wird sich später doch mit viel Aufwand, Schweiß, unter Demütigungen,

Heulattacken und was weiß ich noch, den Sieg im Studio erkämpft haben.

Und hier kommt nun die Parallele: denn genauso wie die Beute des an den Baum gelehnten Valtlbauer, wird der Name des Siegers nach dem Verlöschen der Studiolampen praktisch ansatzlos von der Zeitgeschichte unter die gleiche Rubrik eingeordnet werden: War da eben etwas?

DAS GROSSE FUNDSTÜCK

Nach dieser kleinen, erholsamen Pause mit philosophischem Exkurs erhob sich der vulgo Valtlbauer, im Taufschein aber Sebastian Putz geschrieben, und steuerte auf seine Frühstückspension zu. Auf seinem Weg nahm er plötzlich etwas Weißes wahr, seinen Fuß hatte er knapp daneben gesetzt.

Gewohnt, alles in Ordnung zu wissen, wollte er das Ding der sortengerechten Trennung zuführen. Ordnung ist mehr als das halbe Leben, war sein Motto. In seiner Bastelstube zum Beispiel war alles sorgfältigst eingegliedert. In diversen Aufbewahrungskästchen ruhten Nägel und Schrauben in jeweils Fünferabständen von zehn bis hundert Millimeter Länge, Dübel von vier bis vierzehn Millimeter Durchmesser. Außerdem warteten dort nicht eine, sondern jeweils mindestens zwei Bohrmaschinen, Kreissägen, Akkuschrauber, Elektrohobel, Stichsägen, Schleifmaschinen, Fräsen und noch so manch anderes Gerät, von dem er gar nicht recht wusste, wofür es dienen sollte, auf ihren Einsatz. Natürlich originalverpackt. Denn falls er etwas brauchen sollte, lieh er es sich gewöhnlich bei Mario aus, seinem Nachbarn.

Ordnung also.

Dieses weißbleiche Stück hier störte seinen Ordnungssinn. Er bückte sich und zog an dem Ding. Er hielt es für einen ordinärer Knochen, den ein Hund nicht richtig eingebuddelt hatte. Doch er zog und zog, der Knochen wurde immer länger. Endlich hatte er ihn heraußen. Der Valtlbauer kratzte sich nachdenklich am Kopf, klopfte drauf, roch daran, aber dieses gut zwei

Armlängen lange Ding sagte ihm nichts. Das war ein Fall für Agathe. Bei der Arbeit ließ er sich ja nichts hineinreden, aber zu Hause hatte seine Frau Agathe, die Valtlbäuerin, das Sagen und für alles eine Antwort parat. Die wusste sicher Rat.

Wie jeden Tag, so auch heute, saß Agathe in ihrer Kittelschürze am Küchentisch und strickte bunte Socken für den diesjährigen Weihnachtsmarkt. Die Erfahrung hatte gelehrt, dass man gar nicht früh genug beginnen kann. Die Zeit läuft einem ständig davon und selbst hechelt man immer hinterher! Und ehe man dreimal Donaudampfschifffahrtsgesellschaftskapitänskajüte sagen kann, ist das Jahr schon wieder um!

Der Bastl kam in die Stube und legte das Ding vor seiner Frau auf den Tisch. Die verdrehte zwar zuerst die Augen, besah sich dann aber den Knochen genauer. Es folgte einer der seltenen Momente in Agathes Leben, in dem sie tatsächlich sprachlos war. Aber nicht für lange. Sie steckte das Teil in ihren Rucksack und marschierte damit zu ihrer Nachbarin, ihren Mann im Schlepptau. Einerseits, weil es Zeit für den täglichen Nachmittags-Kaffee war, andererseits hofften sie, deren Mann anzutreffen. Und tatsächlich war dieser zu Hause. Viel wurde über ihn am Stammtisch getratscht, jeder kannte ihn.

Bertl Weberl war bekannt dafür, sich für alles zu interessieren, was irgendwie außergewöhnlich und vor allem alt war. In unzähligen Notizheften schrieb er alles zusammen, was ihm über die Leute und Umstände im Ort zu Ohren kam und als Denkstütze fertigte er Zeichnungen an. Kaum hatte er den Knochen im Rucksack entdeckt, stürzte er darauf zu.

„Ja was seh´ ich denn, wo hast du denn dieses Trumm her?"

„Der Bastl sagte, es sei im Boden direkt vor seinem Fuß gesteckt und er wäre beinahe drüber gefallen!"

Bertl holte tief Luft. Er machte eine lange Pause, dann sagte er so souverän wie der Henker bei der Urteilsverkündung die denkwürdigen Worte:

„Damit wird Birkengreith weltberühmt!"

Bastl und Bertl machen sich auf der Stelle auf den Weg nach Haustetten, um den berühmten Professor Biegler aufzusuchen. Sein Diener führt sie in die abgedunkelte Kanzlei. Man konnte den Professor in seinem Drehfauteuil zuerst nur erahnen, denn er saß, in der Rauchwolke seiner Zigarre seinen Gedanken nachhängend, vor dem Fenster und blickte in die Ferne.

Weberl räuspert sich leise. Biegler schien aus einem Traum zu erwachen und dreht sich langsam zu den Besuchern hin. Durch das Gegenlicht waren nur sein Umriss und die glühende Zigarrenspitze zu erkennen.

„Ah, unser Heimatforscher Weber!"

sagte der Professor und meinte zu seinem Diener Johann:

„Gehn´s Schani, schalten Sie das Licht an, habe gar nicht bemerkt, dass es schon dunkel geworden ist."

Nachdem es im Raum hell geworden war, bemerkte der Professor den Knochenfund.

„Was haben´s denn da? Darf ich es sehen?"

Weberl reichte ihm das Stück.

„Hm!"

Nach langem weiteren Gemurmel sagt er schließlich kopfschüttelnd:

„Interessant! Gerade beim letzten Jour fixe auf der Burg Birkengreith sprach Doktor Fracksauser von der Anatomie von einer Entdeckung im bulgarischen Plovdiv. Da war ein fast vollständiges Exemplar des sogenannten Schreckenstieres, des Deinotheriums, ausgegraben worden. Der Burgherr fügte dann hinzu, das Tier wäre bis fünf Meter hoch gewesen, es hätte auch in Europa bis ins späte Pliozän gelebt, also etwa bis eine Million Jahre vor unserer Zeitrechnung. Es besaß im Unterschied zum heutigen Elefanten Stoßzähne im Unterkiefer, die abwärts gebogen waren. So bekamen die Tiere in unserem Sprachgebiet den Namen Hauerelefanten. Dieser Knochen erinnert mich doch sehr an diese Geschichte. Kolossal! Können sie mir das Stück da lassen? Ich fahre morgen ins Museum. Ich kenne den Direktor, mal hören, was er sagt. Meine Herren, aber eines kann ich Ihnen jetzt schon sagen: Bald wird der Weltöffentlichkeit der Name Birkengreith ein Begriff sein!"

Für Weberl und Bastl vergingen die nächsten drei Wochen in kaum kontrollierbarer Nervosität. Keine Nachricht vom Verbleib des Knochens! Schließlich sprachen sie wieder bei Professor Biegler vor. Der Diener Schani teilte ihnen mit, der Professor sei unpässlich und machte ihnen die Türe vor der Nase zu. Verdutzt sahen sich Bastl und Weberl an. Da hörten sie aus dem Küchenfenster ums Eck lautes Schluchzen. Sie traten um die Ecke und fanden die Köchin Martina völlig aufgelöst vor. Als sie die beiden sah, heulte sie schmerzerfüllt auf. Bastl ging zum offenen Fenster hin und redete beruhigend auf sie ein. Durch ihr ersticktes Wimmern kam sie kaum zu Atem. Endlich hatte sie sich so weit unter Kontrolle, dass sie den beiden von ihrem Unglück erzählen konnte.

Sie hatte das besagte Knochenstück nach dem Fortgang der beiden Männer im Vorzimmer angefunden und es nichtsahnend dem Hund Strolchi in seine Hütte gegeben. Oh, wie der sich gefreut hatte! Er hatte sich das Stück sogleich ins Maul gesteckt und war damit schnurstracks zum Nachbarhund gelaufen. Die zankten sich dann eine Weile darum. Das weckte die Aufmerksamkeit einiger streunender Köter, die sogleich angerannt kamen. Die Meute zerrte und riss am Knochen herum. Endlich hatte sich jedes Tier einen Teil erkämpft und war damit verschwunden.

Als der Professor eine Stunde später aufgeregt fragte, wo der Knochen sei, kam alles ans Licht. Der Professor war leichenblass geworden, sei im Zimmer verschwunden und bis heute nicht mehr aufgetaucht.

BIRKENGREITH WÄHLT
SEINEN NEUEN HÄUPTLING

Die nächste Geschichte möchte Ihnen einen Vergleich bieten. Wie man Demokratie und damit einhergehende Usancen, wie zum Beispiel eine Wahl in der großen Bundeshauptstadt definiert, konnten Sie schon studieren. Diesmal heften wir unseren Blick auf die Peripherie im Lande, auch dort geht alles seinen demokratischen Gang. Dort ist die Welt noch in Ordnung. Kein Parteibuch ist notwendig, wenn man einen Job oder eine Wohnung sucht. Dort ist auch die Luft ausgezeichnet, sobald man eine halbe Stunde von der Gerberei entfernt ist. Man muss seinen Kopf nicht den Mühen der Denkerei aussetzen, da der Anführer ohnehin bestimmt, was zu geschehen hat.

Um aber der heiklen Gefahr auszuweichen, zwischen den alles zermalmenden Mühlsteinen der Politik zerrieben zu werden, erzählen wir die Geschichte über die letzte Wahl in Birkengreith (oder war es die vorletzte, oder vielleicht eine ganz andere Wahl?) als blumige Parabel in der Tradition der letzten wandernden birkengreithischen Schafhirten.

Wenn diese nach einem harten Arbeitstag zusammen um das Lagerfeuer sitzen, kommt es oft zu einer spontanen Session. Einer der Hirten klopft auf sein gebogenes Blech, ein anderer holt die selbstgeschnitzte Flöte aus dem Ärmel und sie verlieren sich in den melancholischen Tönen von Stairway to heaven. Ein weiterer sinniert vor sich hin, wie schwer heutzutage die Lage des Mannes geworden ist. Seine Frau, die er noch ganz romantisch für eine Kuh und zwei Ziegen gekauft hatte, faselt seit neuestem ständig irgendetwas über eine sogenannte Gleichberechtigung. Verstehe einer die Frauen! Dann aber reicht der Älteste das Hanfkraut herum, man nimmt einen Zug und beruhigt sich allmählich. Man erzählt sich altüberlieferte Geschichten, die schon ihre Ahnen erzählt hatten. Weniger feine Leute würden meinen, es rennt der Schmäh.

Kommen wir auf das eingangs Erwähnte zurück – denn wie schnell man in die Bredouille kommen kann, hatten gerade erst die beiden Einfaltspinsel Gudenix und Hacefix unter Beweis gestellt. Um die schöne Nichte des bösen Oligarchix aus dem weit entfernten Dorf Fernix zu beeindrucken, hatten sie sich aufgeplustert wie Gockelhähne, einer wollte den anderen übertrumpfen und sie versprachen ihr allerhand Dinge, über die sie gar nicht verfügen konnten. Was sie nicht ahnten, war, dass sie belauscht wurden! Der Schwindel wurde schnell ruchbar, sie wurden in die Verbannung geschickt.

Im Nachhinein ist es reine Ironie, dass ausgerechnet jene, die sich vorher selbst als Saubermänner bezeichneten, durch die schmutzigen Zehennägel dieser Frau auf die Nase fielen. Das ist aber eine andere Geschichte und wird sich erst viele Jahre später ereignen ...

Hier in Birkengreith herrschte in diesen Tagen große Aufregung. Es stand die alle fünf Jahre wiederkehrende Neuwahl des Dorfvorstehers auf der Tagesordnung!

Der langgediente Ortshäuptling Arborix hatte verkündet, dass er nach mehr als zwanzig Jahren Tätigkeit sein Amt niederlegen wolle. Er konnte auf eine recht erfolgreiche Zeit zurückblicken. Als Nachfolger des legendären Gründervaters Schwabfux, hatte sich der Ort in seiner Ära von einer Ansammlung weniger verstreuter Holzhütten hin zu einem stetig größer werdenden Dorf entwickelt. Sicherlich waren es großteils Veränderungen, die sich einfach durch die Umstände der Zeit ergeben hatten, doch nicht überall waren die Zeichen der Zeit so klug erkannt worden wie hier in Birkengreith.

So durfte sich Arborix rechtens mit den Lorbeeren dafür schmücken. Der Gedanke an einen Rücktritt war ihm gekommen, als ihm aufgefallen war, dass er das Gleichgewicht auf dem Schild, das von den beiden Schildträgern zu den offiziellen Terminen getragen wurde, nur mehr mit Mühe halten konnte.

Große Hoffnung auf die Nachfolge als Häuptling durfte sich Mikaelis, der Harfenspieler, machen. Er hatte seinen Häuptling seit einigen Monaten schon überallhin begleitet und sich so bei den Bewohnern bekannt gemacht, es schien nur mehr eine Frage der Bestätigung zu sein. Doch auf seiner Rechnung befanden sich mathematisch gesehen einige Unbekannte. So versprach sich zum Beispiel der Stellmacher Petrusius eine gute Ausgangsposition beim Kampf um den Thronschild! In geheimen Versammlungen hatte er etliche Unzufriedene um sich geschart, um sich dem

Häuptling entgegenzusetzen. Ja, auch in diesem blühenden Dorf gab es Unzufriedene!

Mit der Ankündigung für die Häuptlingswahl war der Schreiber und Dorfschreier Heribertus durch alle Gassen und Wege gelaufen, sie sollte zum übernächsten Vollmond stattfinden. Da sich in den folgenden Wochen ein bisher verborgen gehaltener weiterer Konkurrent aus den Reihen des Häuptlings zu erkennen gegeben hatte und Mikaelis seine sicher scheinenden Felle davonschwimmen sah, hatte er sich mit dem Stellmacher zusammengetan.

Für die Bewohner Birkengreiths kamen nun schöne Tage, denn alle Kandidaten trieben allerlei Aufwand, sich deren Stimmenhuld mit Geschenken und Vergünstigungen zu sichern. Petrusius etwa ließ die Bürger großzügig auf seinem von zwei Ochsen gezogenen Wagen mitfahren. Die meisten Bewohner konnten sich ein solches Gefährt ja niemals leisten und so hockten sie ausgelassen auf dem hüpfenden Karren, währenddem der Barde Franzus Schnidibus singend und auf eine Trommel schlagend, hinter dem Wagen her lief.

Mikaelis wiederum besuchte abends mit seiner Harfe die Dorfschenken, wo er zum Gaudium der Zuhörer Lied um Lied zum Besten gab! So spielte und sang er das eine Mal an der Theke des Ridissix, ein anderes Mal beim Jaklwirtus, spielte bei Konradix und wanderte sogar auf die Anhöhe zu Vindix, der eine Relaisstation zum Wechseln der Pferde unterhielt. Begleitet wurde Mikaelis manchmal von der Tanzgruppe Bigus Wilus in ihren hübschen ländlichen Trachten. Sie tanzten in geordneten Reihen und sorgten für ausgelassene

Stimmung. Umso mehr, als man den Leuten die Trink-
hörner ständig nachfüllte.

Doch auch der vorerst geheimnisvolle Unbekannte
wollte dem nicht nachstehen. Er wurde von seinem
treuen Begleiter Karlix als Johannus der Grawer vorgestellt, der sich als Besonderheit die Mitwirkung der
Birkengreither Jungfrauen gesichert hatte. Deren ent-
rückter Chorgesang klang fein und engelsgleich. Jüng-
linge wie auch alte Männer gerieten in Verzückung,
wenn sie der feinen Silhouetten der Mädchen mit den
Blumenkränzen im Haar ansichtig wurden. Die älteren
Frauen begleiteten mit sichtlichem Stolz ihre schönen
Töchter, bewachten sie aber misstrauisch vor den
Männerblicken.

Die zweite Vollmondnacht war angebrochen. Der
ganze Ort hatte sich am Festplatz eingefunden. In der
Mitte des von Büschen gesäumten achteckigen Areals
standen drei etwa hüfthohe, ausgehöhlte Baumstämme. Einer für jeden der drei Bewerber. Zwei Männer,
mit Schilden und grimmiger Miene bewaffnet, standen
davor. An alle Bewohner waren beim Zugang Eicheln
verteilt worden, die man hier geschützt von den Blicken anderer in eine der drei Baumstämme werfen
konnte.

Bis zum frühen Abend noch hatten sich die Musi-
kanten für ihre Anführer einen abwechslungsreichen
Sängerkrieg geliefert. Nun war es ruhig geworden.

Der Ältestenrat formierte sich in der Platzmitte. Er
bestand aus Katastrophix dem Küfer, Poschus dem
Schmied, Waldus dem Schatzhüter, Gernodix dem
Viehhändler, Fesselus dem Kleidermacher, Senemix
dem Zimmermann, Wilhemus dem Hinkelsteinhauer,

dem Verwalter Senecurix sowie Antonius aus dem Geschlecht der Birkengreither.

Cogelus der Magier betrat in seinem weißen Habit das Achteck. Karlix drehte nacheinander die Baumstämme um. Mit anmutigen Bewegungen sammelte Ehrenmaid Sigridine die Eicheln in drei Körbe mit den jeweiligen Namen und reichte sie Cogelus. Der zählte sie mit lauter Stimme. Für alle drei Kandidaten waren viele Eicheln eingeworfen worden, doch die meisten hatte schließlich Johannus bekommen!

Als Cogelus das Ergebnis der Abstimmung verkündet hatte, brach unter den Dorfbewohnern großer Jubel aus! Die beiden Träger Guntix und Mathix liefen mit dem Schild zu Johannus dem Grawer. Der stellte sich, seinen Schal in die Höhe streckend, strahlend hinauf und die beiden trugen ihn in die Mitte des Platzes. Sie drehten ihn nach allen Seiten. Die Menschen kamen angelaufen und egal, für wen sie abgestimmt hatten, sie jubelten dem neuen Häuptling zu!

In dieses Durcheinander ließ Vindix seine Stimme ertönen:

„Alle mal herhören, die Wildschweine sind knusprig gebraten!"

Da ließen sich die braven Birkengreither nicht zweimal bitten. Jeder suchte sich einen Platz, denn auch Jaklix ließ Gestelle mit knusprigen Hühnerkeulen an die schnell herbeigeschafften Tische tragen. Ridissix hatte Fässer mit frisch gebrautem Craft Bier aufgestellt. Natürlich saß auch Wilfinix, der weise Druide mit seiner dicken Pfeife, zwischen den Basen Gabilinde und Evelene und langte bei den Köstlichkeiten kräftig zu.

Und auch die kleine Barbarine war ständig auf den Beinen, um dem Bedarf nach ihren süßen Leckereien nachzukommen.

Ein bisschen melancholisch saß Mikaelis etwas abseits, stocherte lustlos an seinem zweiten Hühnchen herum und selbst das Bier wollte ihm heute nicht recht schmecken. Da vernahm er hinter sich eine angenehme Stimme.

Sie fragte, ob da noch ein Platz sei. Mikaelis drehte sich um und sah eine bezaubernde dunkelhaarige Jungfrau. Sie gehörte zu den Helferinnen, die sich um alle kleinen und großen Wehwehchen der Dorfbewohner kümmerten. Um es kurz zu machen: seine zerknitterte Seele glättete sich schon nach wenigen Augenblicken.

Auch der schlaue Petrusius lächelte an seinem Platz, obwohl er bei der Wahl nicht gewonnen hatte. Denn noch während der Feier war er sich mit dem frisch gekürten Häuptling handelseinig geworden. Liebevoll tätschelte er nun den mit Goldstücken gefüllten kleinen Beutel, den er für seinen prunkvollen Ochsenwagen von Johannus bekommen hatte, der ihn für seine künftigen Reisen brauchen würde!

Alle waren zufrieden. Alle? Fast alle. Denn der Barde Ditsche Ötzix aus dem Nachbardorf, bei dessen heiserhektischem Gesang sich die Leute die Ohren zuhielten, baumelte am Ende des Festes eingeschnürt mit seiner Leier von einem Ast.

Stoisch bewacht von Feuerwächter Hubmix im niedersinkenden Schein des Lagerfeuers und der beginnenden Morgendämmerung.

BLASSROTER SCHILCHER
Weststeirisch

Um sein Hirn zu lüften und dabei auf etwas andere Gedanken zu kommen, beschließt Herr Hirtenfellner, ein bewährter Mitarbeiter der örtlichen Straßenreinigung, sich auf eine kleine Reise ins weitere Umland zu begeben. Er setzt sich auf den alten Traktor, den er sich beim Obmann des Birkengreither Oldtimer-Clubs ausgeliehen hat. Gemütlich tuckert er nun auf der Landstraße dahin. Nach etwa einer halben Stunde sieht er ein verheißungsvolles Schild: Buschenschank. Er kann sein plötzliches Durstgefühl nicht länger zurückhalten und lenkt sein Gefährt auf den geschotterten Parkplatz. Schon vom Fahrersitz aus hat er seinen Arbeitskollegen und Tennis-Partner Heini Grasser entdeckt und setzt sich mit großem Hallo an dessen Tisch. Sogleich wird eine Flasche heimischer Schilcher bestellt, man trinkt und redet, als hätte man sich jahrelang nicht mehr getroffen. Bei der zweiten Flasche beginnt Hirtenfellner zu gähnen, nach dem ersten Glas der dritten Flasche schläft er friedlich ein und träumt sich in einen Heimatfilm hinein:

Majestätisch steigt die Sonne über einen der zahlreichen Bergrücken am sogenannten Schmankerlweg. So heißt die in Ligist beginnende Schilcher Weinstraße. Die Natur erwacht. Wildblümchen öffnen ihre Blüten, um sich auf das Eindringen der Hummeln vorzubereiten, die schon unterwegs sind, um Nektar zu sammeln, den Trunk der Götter. Letzte Nebelfetzen verflüchtigen sich.

Ein Hasenpärchen hüpft in Sprüngen, die aus der Ferne betrachtet wirken, als ob sie sich über Trampoline weiterbewegen würden, ähnlich wie das Pferd beim Schachspiel über das Brett. Sie tollen mit den typischen Kehrtwendungen während des Sprunges über die Wiese, dann verschwinden sie in einem Getreidefeld.

Rehe lugen über die Wiesenkuppen. Diejenigen, die die vorige Jagdsaison überlebt haben, wissen, dass sie nun, bis in den Herbst hinein, tun und lassen können was sie wollen! Die meiste Zeit widmen sie sich an einem geschützten Plätzchen der Familienpflege. Die jüngeren Rehböcke ruhen sich aus, sie bereiten sich vor auf das russische Autoroulette in der Nacht. Es gehört zum Spiel, urplötzlich vor dem Lichtkegel eines Fahrzeuges die Straße zu überqueren. Meist landet dabei einer der Beteiligten, Reh oder Auto, mehr oder weniger ramponiert, im Straßengraben. Aber es musste auch andere Gründe geben, dass manche Tiere nicht mehr zur Gruppe fanden. Es gab immer wieder einmal eines, das diesen lauten Ton nach einem heftigen Stoß, dem ein großer Schmerz folgte, vielleicht gar nicht mehr vernommen hatte.

Beim Anwesen Lampelmüller in Dietenberg wird im Obergeschoß ein Fenster geöffnet. Eine tastende Hand wird sichtbar, dann eine zweite. Denen folgt der Kopf, des, wie wir später erfahren werden, jungen Stegmeiers, von allen Joe genannt. Er ist im Begriff, aus dem Fenster zu steigen, dreht sich noch einmal um und sagt mit gedämpfter Stimme ins Innere des Raumes:

„Also pfiat di, bis heut Abend! Tschau!"

Von drinnen sind undeutlich Worte zu vernehmen. Der Joe hat sich durch das Fenster gezwängt, sein Hemd hängt ihm halb aus der Hose mit dem offenen Gürtel.

„Du Depp!",

ruft eine Frauenstimme halblaut,

„wie oft muss ich dir noch sagen, du sollst nicht durch das Fenster steigen, sondern die Balkontüre nehmen!"

Doch der von der Boulderhalle her durchtrainierte Joe ist schon über den Balkon geturnt, schwingt sich eilig auf seine rote Vespa und knattert damit davon.

Von der Ecke des rechtwinkelig angebauten Wirtschaftsgebäudes löst sich eine dunkle Gestalt. Die massige Figur trägt einen, den oberen Teil des Gesichtes verdeckenden, breiten Filzhut, darunter zeigt sich Hatzenbergers struppiger Schnurrbart.

„Na warte, Bürscherl",

murmelt er zwischen den zusammengepressten Zähnen hervor,

„mal schauen, was der liebe Papi dazu sagt!"

Joe hat es eilig. Er ist einer der Zugführer des weithin bekannten Flascherlzuges. Seinem herben Charme, hierzulande als Schmäh bezeichnet, sind schon einige hübsche Damen erlegen. Doch diesmal sieht für ihn die Sache anders aus. Die Lampelmüller Kathi mag er wirklich. Bei ihr fühlt er sich, abgesehen von den angenehmen Erfahrungen auch mit seinen Verflossenen, zum ersten Mal auch außerhalb des Schlafzimmers gut. Ein Bau-Grundstück bekam er schon vor zwei Jahren von den Eltern überschrieben, nun trägt er sich mit dem Gedanken, ein eigenes Haus zu bauen. Ein für die Gegend typisches soll es werden, im weststeirischen

Stil, aber dazu möglichst energieautark und nur mit hochwertigen, Ressourcen-schonenden Materialien, gefertigt von Handwerkern aus der Umgebung. Durch seine Ausbildung an der Weinbauschule und die fast schon selbstständige Tätigkeit als Erzeuger preisausgezeichneten Schilchers am elterlichen Hof, sowie durch die nebenbei praktizierte Zugführer-Arbeit hatte er eine große Anzahl Freund- und Bekanntschaften gewonnen, unter denen alle möglichen Berufsvertreter zu finden waren. Das Abenteuer Hausbau schreckte ihn also nicht sehr.

Einzig blieb die Frage offen, wie sich sein Familienleben erst einmal entwickeln lassen würde. Mit Kathi war er schon einig, doch ein Problem gab es mit ihrem Vater. Die Familien der Lampelmüller und der Stegmeier sind schon jahrelang miteinander verfeindet. Jeder noch so nichtige Anlass wurde und wird genutzt, um der anderen Seite Schaden zuzufügen! Deshalb musste Joe auch höllisch aufpassen, während seiner Besuche bei Kathi ja nicht ihrem Vater in die Arme zu laufen.

Der alte Stegmeier wurde schon seit seiner Schulzeit in Deutschlandsberg von jedem nur Franky genannt. Er war immer in Konfrontation mit seiner Umgebung gelegen, er war ein Sturkopf, wie er im Buche steht. Doch war er seiner Zeit immer auch etwas voraus gewesen. In dieser Gegend war er lange vor seinen Nachbarn der erste, der sich mit alternativer Landwirtschaft beschäftigt hatte. Ausgelacht von den Zeitgenossen, hatten damals vor vielen Jahren, als dieses eine trockene Jahr beinahe die ganze Ernte bei allen Nachbarn zerstört hatte, seine Weinstöcke beinahe unversehrt überlebt. Zögerlich zuerst, doch mit immer größerem

Interesse, kamen dann die Nachbarn und ließen sich von dem bisher abschätzig als Hippie bezeichneten Franky dessen Theorien erläutern. Nicht alles wollten oder konnten sie übernehmen, doch es war ein Bewusstsein für den Zusammenhang der Dinge entstanden. Sie diskutierten am Stammtisch jetzt nicht mehr nur über die Ergebnisse in der Fußball-Gebietsliga West oder die aktuellen Preise im Lagerhaus, sondern auch über chemiefreie Schädlingsbekämpfung, Bodeninhaltsstoffe bis hin zu günstigen Mondphasen für die Arbeit in den Weinhängen.

Mit allen Nachbarn hatte der Franky so zu einem entspannten Verhältnis gefunden, nur mit dem alten Lampelmüller war nichts zu machen. Der trug Franky immer noch nach, dass er ihm, seiner Meinung nach, die Frau ausgespannt hätte. Was natürlich so nicht stimmen konnte, denn Helga hatte immer nur Augen für Franky gehabt. Mit seiner legeren Art, seinen langen Haaren, der Vorliebe für Country- und Westernmusik und der Verwendung eines schweren Motorrades hatte Franky bei Helga die große Liebe geweckt, die er zur bildhübschen Brünetten aus tiefstem Inneren erwidern konnte.

Leider hatte sich der Lampelmüller bei einem Lesefest einmal gerade in den Fokus eines träumerischen Blickes von Helga geschwindelt, als sie Franky nachschaute, der ihre Getränke vom Tresen herbrachte. Der Lampelmüller aber hatte den Blick auf sich bezogen und das Drama seinen Lauf genommen. Aus der folgenden Rauferei stiegen beide Streithähne mit etlichen Blessuren hervor. Franky, glücklich mit Helga, hatte die Sache bald vergessen, doch der alte Lampelmüller konnte diesen Vorfall nicht so ohne weiteres abhaken und sann seither auf Rache, obwohl er inzwischen mit der Dietrich Erna eine tüchtige Frau gefunden hatte.

Und diese Geschichte wollte sich der Hatzenberger Sepp zunutze machen. Auch er hatte sich nämlich in Kathi verschaut. Er wusste aber, dass er gegen Joe bei ihr keine Chance hatte, doch gerade das konnte er nicht verwinden. Auch wenn er krumme Mittel zum Einsatz bringen werde müssen, Kathi wird ihm gehören! Die stand derweil singend im Obergeschoß unter der Dusche, im CD-Player lief ein Lied des Grafen von der Gruppe Unheilig.

Schnurstraks stapft Sepp auf den Hauseingang zu. Er klopft, doch nichts rührt sich. Da vernimmt er vom Traubenlager her Geräusche. Er öffnet das Tor zum blank geputzten Arbeitsraum und entdeckt den alten Lampelmüller, wie er im Hintergrund an einem der großen Edelstahlbehälter hantiert.

„Griaß di",

ruft der Sepp, woraufhin der alte Lampelmüller den Blick hebt.

„Ah du bist ´s Sepp! Wos mochst ´n du schon so zeitig auf?"

„Jo, i bin grod auf´m Weg zur Theaterprobe in St. Stefan, waßt eh, mit der Fini Berger, und denk mir, besuchst amol dein olten Freind Lampelmüller!"

Der schaut ihm kritisch ins Gesicht.

„Seit wann host du Sehnsucht nach mir?"

„Ah wos Sehnsucht, hot grod amol passt heute."

Der alte Lampelmüller lässt sich in seiner Arbeit nicht weiter stören, er schlichtet Kartons mit leeren Weinflaschen für die kommende Traubenernte.

„Weißt schon des Neueste vom jungen Stegmeier? Man munkelt da so einiges!"

Sepp sagt das mit unschuldigem Gesichtsausdruck.

„Lass mich mit diesem Falotten in Ruhe, der soll mir nur kommen!"

„Hast ihn leicht auch gesehen?"

„Was gesehen?"

„Ich hab mir nur gedacht…"

„Was hast dir gedacht?"

„Ah nix, ich hab nur gemeint, ich hätt′ ihn grad gesehen."

„Was? Wo? Dem schnalz ich eine, dass er die Engerl singen hört, wenn der sich hertraut!"

„Wenn ich richtig g′sehn hab, ist er vom Balkon heruntergesprungen!"

Der Lampelmüller fährt zornig hoch:

„Was, von meinem Balkon?"

Er stürzt hin zur Stiege und will nach oben. Im Erdgeschoß angelangt, läutet es Sturm an der Eingangstüre. Hin und her gerissen, nach oben zu stürmen und dem Ärger über das Läuten, macht er unwillig die Türe auf. Draußen stehen zwei Polizisten. Sepp hat die Beamten auch gesehen und sich inzwischen unauffällig davongemacht.

Er weiß ja, wo der Joe jetzt sein wird, denn er ist auch auf dem Weg dorthin. Die leichte Verspätung werden die Kollegen vom „Theater am Bauernhof" wohl hinnehmen müssen. Da wird eifrig geprobt für die Premiere des neuen Stückes. Neben Sepp und weiteren begeisterten Laiendarstellern spielt auch besagter Joe mit. Extra für Sepp waren zwei Lieder in das Stück eingebaut worden, denn eine der Hauptbeteiligten, Fini

Berger, hatte ihn einmal beim Karaoke-Singen in einem Eibiswalder Lokal gehört, als er gerade zum Playback eines Liedes von Semino Rossi ins Mikrophon schmetterte. Um der Nervosität vorzubeugen, waren schon einige Schilcher-Mischungen durch seine Kehle geronnen, so hatte er seinen prachtvollen Bariton ungehemmt klingen lassen. Das elektrisierte Publikum sang aus voller Brust mit.

Da passierte es, dass ein Besucher beim üblichen Einschalten des Feuerzeugs zum Unterstreichen der Stimmung, ungewollt Teile der Deckendekoration in Brand gesetzt hatte. Wiewohl Sepp, der natürlich auch Mitglied bei der Feuerwehr war, seine Kameraden alarmiert und das Feuer schon vor deren Eintreffen nach Leibeskräften bekämpft hatte, brannte das Lokal danach vollständig ab. Trotz dieser leidigen Sache galt er in einschlägigen Kreisen seit diesem denkwürdigen Abend als der „Al Bano" vom Wöllmißberg!

Der Lampelmüller weiß nicht recht, soll er sich ärgern oder lachen: die beiden, ihm bekannten Amtsorgane, sehen nicht mehr ganz frisch aus.

Hubert und Hansi, so heißen sie, grinsen in einem fort. Lampelmüller weicht einen Schritt zurück, um der eindeutigen Fahne auszuweichen. Hansi hält dem Lampelmüller eine Spendenbüchse unter die Nase, Hubert reißt sich zusammen und sagt den heute schon dutzendfach vorgebrachten Spruch auf, allerdings nicht mehr in perfektem Burgtheaterdeutsch:

„Bidde u-um eine Sch-bände für den Popopoliseiball!"

Mittlerweile bremst Sepp seinen zehn Jahre alten Audi A4 mit Schwung am geschotterten Parkplatz ein. Seine Kontur formt sich nach und nach aus einem Staubnebel. Eilig läuft er zur sogenannten Garderobe, einem für die Theater-Aufführungsdauer adaptierten Heustadl. Beim Eintreten schnauzt ihn gleich die Prinzipalin Fini Berger an, ob er verschlafen hätte! Er zieht sich schnell um, greift in das Fach mit dem Theatermanuskript und heult im nächsten Moment auf. Wütend starrt er auf seine Hand, an der eine zugeklappte Mausefalle hängt!

„Das kann nur der Joe gewesen sein!",

brüllt er los und stürzt auf die Bühne.

Da steht der Joe mit breitem Grinsen, das ihm aber sofort vergeht, nachdem die Hand mit der Mausefalle sein Gesichtsprofil unter Druck abgetastet hat.

Bald schon rangeln die beiden Streithähne im Bodenstaub, einmal der eine, einmal der andere obenauf. Beim Versuch, sie auseinanderzuzerren, geraten die fünf weiteren schauspielenden Damen und Herren ebenfalls aneinander. Munter wogt ein Knäuel hin und her, bis jemand eine Stütze der kunstvoll bemalten Kulisse verschiebt! Das hat zur Folge, dass das provisorisch aufgestellte Bühnenbild wie in Zeitlupe langsam kippt und kurz darauf die Kämpfenden zudeckt.

Bevor noch weitere Aktionen geschehen können, macht Fini Berger ihrem Ärger lauthals Luft! Das ist IHRE Aufführung, das sind IHRE Schauspieler und das wird IHR neuer Erfolg werden, schreit sie, hier auf heiligem Theaterboden werde nach IHRER Pfeife getanzt. Sie zeigt klar, dass sie als Chefin den Ton angibt. Sie, die unterm Jahr die freundlichste Person ist, die man sich vorstellen kann, weiß genau was sie tut. Sie kennt die Stärken und Schwächen ihrer Truppe und setzt sich bedingungslos für diese drei Wochen ein. Der Erfolg gibt ihr Jahr für Jahr recht, sämtliche Vorstellungen des Theatermonats sind ausverkauft, teilweise werden schon gleich nach der letzten Vorstellung Karten für das nächste Jahr reserviert. Dass sie einen ganzen Kopf kleiner ist als Joe oder Sepp spielt keine Rolle.

Durch das energische Eingreifen ihrer Prinzipalin mit einem Schlag ernüchtert, stellen sich die Schauspieler mit etwas Mühe wieder auf die eigenen Beine. Mit blutenden Nasen, zerfetzten Hemden und Kratzern im Gesicht sehen sie sich verlegen an. Beim Anblick der staubigen und zerfransten Gesichter will sich Joe das Lachen noch verbeißen, aber erfolglos. Bald lachen alle Darsteller aus ganzer Brust, sie geben sich die Hand, umarmen sich, sogar Sepp und Joe. Die Prinzipalin kommt mit einer Flasche Schilcher und ineinandergesteckten Plastikbechern, die sie gerettet hat. Man prostet sich zu. Die Flasche ist sofort leer, bald wird reuevoll die Bühne wieder einigermaßen in Ordnung gebracht. Die Probe geht von da an reibungslos vonstatten.

Man kann schon an dieser Stelle verraten, dass die Aufführungen der folgenden Saison mit den bisher größten Erfolgen in die Geschichte der Theaterrunde eingehen werden – mit jubilierenden Zeitungsberichten in den Gemeindeblättern von Gundersdorf, St. Stefan ob Stainz, Langegg-Hochgrail, Marhof, Pirkhof bis nach Frauental und Stainz! Sogar der regionale Fernsehsender Kanal3 wird eine zweiminütige Sendung bringen – mit Großaufnahme des singenden Baritons, der sich jetzt Giuseppe nennt und im Besitz eines Plattenvertrags ist!

Über den sanften Hügeln der weststeirischen Toskana bildet sich eine prachtvolle Abendstimmung. Die Sonne taucht langsam in das dunkle Abendmeer des Gamsgebirges. Die Verantwortlichen für die Lichtdramaturgie am Horizont greifen in die prallen Säcke des Farbenlagers, wie beim indischen Holifest werfen sie mit beiden Händen die Farben ins Firmament und kosten jeden einzelnen der 256 Farbpunkte aus, verbrämen sie mit Schattierungen und Farbverläufen. Es könnte der erste Tag der Schöpfung sein – oder der letzte.

Am Parkplatz der Buschenschank Friedrich stehen nur noch zwei Fahrzeuge: der anthrazitfarbene Audi A 4, ganzer Stolz seines Besitzers Sepp und die ferrarirote Vespa des Joe. Tritt man um die Ecke hinein in den lauschigen Hof, blickt man auf weinberankte Lauben mit ihren rustikal getischlerten Tischen und Bänken.

Im Schein der romantischen Beleuchtung von schon weit heruntergebrannten dicken Kerzen in großen Laternen, spielen Charly und die Kaischlabuam ihre letzte Draufgabe zu Ende. Charly, der Postler mit der Klampfe, hatte das Lied mit launigen Worten angesagt und erzählt, dass er und seine zwei Kompagnons jedes Jahr versucht hätten, ins Programm beim herbstlichen AUFSTEIRERN in der Hauptstadt zu kommen. Doch jede noch so raffinierte Art von Täuschung – ob mit original speckiger Lederhose oder einmal sogar als Dirndl verkleidet – alle Tricks seien aufgeflogen und ihnen somit ein Auftritt bei dem Spektakel, in der als Dorf verkleideten Innenstadt, verwehrt worden. Doch es sei ihnen ohnehin egal, eigentlich bedeute ihnen ihre geliebte Weststeiermark mit ihrem verführerisch blassroten Schilcher ohnehin die Welt.

Auch Christoph und Robert packen ihre Instrumente ein. Die drei Musiker, die stilgerecht mit dem restaurierten alten Steyr-Traktor des Hausherrn hergebracht worden waren, nehmen ihre Jacken als Polster und legen sich jeder auf eine der Bänke zur Nachtruhe, zärtlich eine Flasche Rebensaft in der Armbeuge platzierend, falls sie nächtens der Durst überkommen sollte.

Nur noch Joe mit seiner Kathi, und Sepp, der von Fini Berger getröstet wird, sitzen jeweils eng umschlungen an einem der verlassenen Tische. Die bandagierten Köpfe und Körperteile der beiden Herren brennen zwar höllisch, doch in diesem magischen Moment der Seligkeit spürt niemand irgendwelchen Schmerz.

Die Kerzen sind ganz erloschen. Eine schemenhafte Gestalt bewegt sich langsam in das fahle Licht des Mondscheins – der alte Lampelmüller!

Er grinst in sich hinein, sein Zigarillo markiert einen roten Punkt in der Nacht als er daran zieht.

Sein Gesicht ist geschwärzt, in der Hand hält er ein meisterlich graviertes Werk aus der Werkstatt eines bekannten Ferlacher Büchsenmeisters. Kurz trifft ein Lichtstrahl auf den stählernen Lauf. Er ist im Begriff sich umzudrehen und erschrickt heftig, als er vom Strahl einer Taschenlampe erfasst wird! Die Hand, die sie hält, gehört zu seiner völligen Überraschung seiner Frau Erna.

Auch sie hat ihr Gesicht schwarz gemacht und fragt ihn traurig:

„War ich nicht immer eine gute Ehefrau zu dir? Warum nimmst du mich nicht mit auf die Jagd?"

Und zum ersten Mal seit langer Zeit rinnen nasse Perlen aus Lampelmüllers Augen.

Im Kopf des Straßenreinigers Hirtenfellner läuft die Filmrolle auf ihrer Spule im Leerlauf. Sie streift mit einem unangenehmen Geräusch bei jeder Umdrehung irgendwo an, er möchte den Projektor abschalten.

Dabei kommt er langsam in die Realität zurück. Er sieht sich um, die Freunde sind schon weg. So klettert er auf den ausgeborgten Traktor, startet und verliert sich als schwarze Silhouette im Sonnenuntergang.

EINSCHUB ZWEI

Na, war das nicht schön? Lassen Sie sich nur Zeit mit dem Taschentuch, ich hab´s nicht so eilig.

Sie kennen das sicher: Wie in allen anderen besiedelten Gebieten werden auch in Birkengreith zu den Feiertagen alle sonst üblichen Verhaltensregeln beiseitegeschoben. Jede Vernunft wird außer Kraft gesetzt, man ergibt sich der Völlerei. Würde ja nicht gut aussehen, verweigerte man das auf den Tisch Gesetzte. Die tüchtige Hausfrau wäre verzweifelt: Was, mein Essen schmeckt dir nicht? Umsonst versuchen Sie, den dritten Schweinsbraten abzuwehren. Den zweiten bekamen sie ungefragt auf den Teller geklatscht mit den Worten: Du magst eh noch ein Stück? Sie stammeln: Ausgezeichnet! Mit dem Mute des Angeheirateten ignorieren Sie die eindeutigen Stiche aus Richtung Leber und Galle, öffnen unauffällig den Hosenknopf und stürzen das nächste Glas Zirbenschnaps hinunter.

Doch das gehört eben dazu bei einem harmonischen Familientreffen. Lesen Sie, wie es dem Protagonisten der folgenden Episode ergangen ist.

JEDEM DAS SEINE

Zu den Osterfeiertagen besucht Reinhard mit den Kindern wieder turnusgemäß die karanthanische Schwiegerfamilie auf der anderen Seite des Schemerlberges. Allein der Kinder wegen, denn die dürfen dabei traditionsgemäß mit einer Aufstockung ihres Taschengeldbudgets durch die Ansammlung an Verwandten rechnen.

Natürlich war der Tisch wieder, wie es sich zu Feiertagen gehört, mit allen erdenklichen Speisen bedeckt. Nach der obligatorischen Frittatensuppe kamen Schüsseln mit Geselchtem, Würsteln, drei Arten von Salaten und Eiern auf den Tisch, dazu augentriefend scharfer Kren und das typische, selbstgemachte süße Weißbrot.

Die lebhaften Diskussionen wurden wie gehabt von dem sich selbst als allwissend eingestuften Juristenschwager dominiert. Die eine Schwägerin rackert in der Küche, bedient die Gäste und hat Sorge, dass deren Teller wohl ständig gefüllt seien. Die zweite Schwägerin führt elegante Damengespräche mit der dritten.

Nach der Hauptspeise werden sofort zwei Sorten Mehlspeise aufgetischt, die mit mehreren Tassen Kaffee in den Magen gespült werden. Der Juristenschwager beklagt sich bald über Schmerzen im Bauch. Das war aber wirklich kein Wunder, denn er allein hatte den Inhalt einer ganzen Packung Schlagobers zischend aus der gaskartuschen-betriebenen Karaffe auf seinen Teller geschäumt und sofort verdrückt, derweil sich die anderen noch den Kaffee einschenkten.

Der Freund der Schwägerin schlummerte schon eine Weile angezogen auf der Couch, vor ihm auf dem Beistelltisch eine fast leere Flasche Most.

Um die halbe Stunde zu überbrücken, nach der dann die Jause serviert werden würde und weil nun gerade alle so schön beisammen sitzen, wurden kleine Arbeitsaufträge vergeben, die Erika, die Schwägerin nicht alleine bewerkstelligen kann.

Jeder von den Besuchern wurde nach seinen speziellen Talenten für die jeweilige Arbeit eingeteilt. Die beiden kräftigen jungen Burschen trugen dann vierzehn Säcke mit Blumenerde vom Auto hinauf zum Garten. Albert, der Computerexperte sollte für die halbwüchsige Tochter einer Bekannten, Spiele auf den mitgebrachten Computer installieren.

Der Technikerschwager versuchte sich an einem offenbar defekten Transformatorteil, das zur Badezimmer-Beleuchtung gehörte. Und Reinhard? Ihm wurde die Montage eines selbstschließenden Klodeckels anvertraut.

DER COMPUTER

Natürlich ging das digitale Zeitalter auch an Birkengreith nicht vorbei. Seit geraumer Zeit steht nun im Haus beim Maierhofer Harald ein PC, eine Computeranlage, er nennt ihn liebevoll Kompi! Heinz, der Freund eines Verwandten hat ihn aus gebrauchten Teilen, die er am Flohmarkt erstanden hatte, zu einem wahren Prachtstück zusammen geschraubt. Die Kosten dafür waren minimal gewesen, denn auch die Programme wurden mit Hilfe von *gehackten* Codes freigeschaltet.

Auf den Monitor haben sie ein Blümchen aus Plastik geklebt, sieht wirklich entzückend aus. Für die sogenannte Maus und die Schreibtastatur wurde im Versandhandel eine reizende Abdeckung besorgt, ebenfalls mit Blumenmuster.

Was sie alles damit machen könnten! Alleine drei verschiedene Schreibprogramme sind installiert, sechs Programme für die Fotobearbeitung. Man kann, sofern man kann, Webseiten erstellen, CAD-Pläne zeichnen, Maschinen konstruieren, mit Birthday Remembering keinen Geburtstag mehr vergessen und was ganz wichtig ist – Torfhuhn funktioniert ohne zu ruckeln!

Für den Anfang hat ihnen Heinz alles erklärt. Er muss ihnen mittlerweile höchstens zweimal pro Tag aus der Klemme helfen. Sobald es irgendwie geht, wird sich Harald für einen Anfängerkurs an der Volkshochschule anmelden um in die tiefen Geheimnisse der digitalen Welt einzutauchen. Falls Heinz einmal wegziehen sollte. Fürs erste langt es aber einmal.

Es ist herrlich, alles geht schnell und einfach! Früher schrieb man mit der Schreibmaschine auf ein Blatt Papier. Bei einem Fehler passierte natürlich folgendes: Blatt rausnehmen, alles wieder von vorne tippen. Oder wenn die Seite schon fast fertiggeschrieben war, mit einem Korrekturdings über den Fehler malen und darüberschreiben. Neue Zeile? Wagen rüberschieben und mit einem Klirren fährt der Wagen in die nächste Zeilengasse. Das war noch echte Handarbeit!

Heute? Da geht das viel einfacher. [Tab] oder [Return]- Taste – ist: Zeile neu. Ein Fehler? Stelle markieren, Buchstaben [Entf], neuen Text eingeben, speichern, fertig – zack zack geht das jetzt, wunderbar! Also, mit ihrem Kompi ist das Leben viel einfacher geworden. Seit er im Hause ist, haben sie praktisch keine Schreibprobleme mehr.

Na, sagen wir so – fast keine Probleme.

Manchmal hat es dieser kleine Racker nämlich faustdick hinter der Abdeckung, dieser Schlingel! Dann fuchst es einen, wie man hier am Land sagt. Letzte Woche zum Beispiel wollte Harald ein Email beantworten. Er hatte sich inzwischen überlegt, wie er die abschlägige Antwort auf die Anfrage einer Bekannten, die nun Nahrungsergänzungsmittel per Direktvertrieb anbietet, formulieren sollte. Gleichzeitig wollte er aber die Türe zu ihr nicht ganz zuschlagen in der Hoffnung, ihr einige Karten für ein Benefizkonzert zugunsten eines Vereins verkaufen zu können, der sich um ausgelaugte „Burnoutlehrer" annimmt.

Ah, wo waren wir gleich? Ja, genau, seine Emails wollte er abrufen. Eine lustige PowerPoint– Präsentation mit etwa zehn Megabyte Datenvolumen, die ihm eine Freundin aus Augsburg regelmäßig sendet, hat der Kompi gerade zu 87 Prozent hereingeladen, als das Antivirenprogramm ein Popup-Fenster öffnet. Es erscheint die Meldung: Der Virenschutz ist nicht am neuesten Stand, bitte downloaden sie das Update.

Ok, das PPS ist herinnen, laden wir eben das Virenschutzupdate. Wie sich herausstellt, hat es einen Umfang von 34 Megabyte und noch etwas. Wirksam wird die Aktualisierung allerdings erst nach erfolgtem Neustart.

Gut, Neustart anklicken, der Apparat fährt herunter und gleich darauf mit einem Signalpieps wieder hoch. Jetzt wäre noch gut, schlägt das aktualisierte Programm vor, die Festplatte mit der neuen Virensignaturerkennung zu überprüfen. Gut so, mit Klick auf „Start" geht es schon los. Aha, hm, etwas dauert das schon. Eine Zeit lang sieht Harald dem grünen Balken zu, wie er sich von links nach rechts ausbreitet, wieder links beginnt und so weiter. Ein Blick auf die Uhr sagt, dass eine Viertelstunde vergangen ist, die Prüfung ist allerdings erst bei 18 Prozent angelangt. Da passt es gerade, dass er seit einiger Zeit einen gewissen Drang verspürt, dem er endlich nachgehen kann.

Noch eine Viertelstunde später – er fand auf dem Örtchen ein altes Fix und Foxi Heftl, beeilt er sich wieder zum Computer und erfährt, dass die Prüfung inzwischen bei siebenunddreißig Prozent angelangt ist. Jetzt ist er etwas unschlüssig: wenn das so weitergeht, dauert die Überprüfung und damit auch die nächste Eingabemöglichkeit noch mehrere Stunden! Er wollte ja nur schnell sein Email absenden!

Er überlegt hin und her. Endlich entschließt er sich, die Überprüfung abzubrechen und klickt auf die dafür vorgesehene Schaltfläche. Doch was ist das, um Himmels willen! Der Bildschirm ist blau eingefroren! So, das war es – jetzt geht gar nichts mehr!

Mit einem resignierenden Schnaufer drückt er den Ein-/ Aus – Schalter, bis das Gerät im Notausstieg herunterfährt.

Zuerst denkt er sich, eine echte handgeschriebene Postkarte ist immer noch persönlicher als das schönste Email, sollte er vielleicht...? Aber dann denkt er mit einer gewissen Trotzhaltung: Das kann es ja nicht sein, diesem Blechtrottel werde ich zeigen, wer hier das Sagen hat! Also, neuer Start! Na bitte, geht ja!

Ohne Umschweife schreibt er den elektronischen Brief, stellt die Internetverbindung her und flutsch – das E-Mail ist versendet. Beim anschließenden Abrufen der neu eingelangten Mails entdeckt er als Betreff: Gutschrift! Wenn er heute noch bestelle, bekomme er sechzig Prozent Rabatt auf ein Programm dieser Firma. Damit kann man die eigene Bücher- oder Schallplatten-Sammlung geordnet archivieren! Ganz dringend braucht Harald so ein Programm zwar nicht, eine Liste ist auch schnell erstellt – aber bei dem Preis? Er kann nicht widerstehen und füllt den Bestellschein über Eingabe am Bildschirm aus.

Zur Kontrolle noch schnell ausdrucken. Geht nicht, der Bildschirm meldet: Papierstau! Harald merkt, wie sich schön langsam sein Gesicht in Falten legt und zu einer Fratze verzerrt. Er zwingt sich zu Geduld und versucht mit möglichster Vorsicht an die Rückseite des Druckers zu kommen, um wie in der Anleitung beschrieben, die hintere Klappe zu öffnen und das zerknitterte Papier manuell herauszuziehen. Da passiert es: Der Drucker rutscht ihm aus der Hand, die Kabel versuchen noch – nein!, sie stöpseln sich aus, der Drucker fällt auf die Tastatur, reißt auch den Bildschirm mit und alles stürzt zu Boden!

Es pfaucht, surrt und blitzt! Das Licht ist erloschen, vom Sicherungskasten her kommt ein metallisches Klacken!

„Scheißcomputer!",

schreit Harald, vor Schreck und Ärger schnellt er hoch und rammt dabei die Lampe mit dem Kopf. Seine Hand will nach der anschwellenden Beule greifen. In der Dunkelheit hakelt er aber irgendwie mit den Fingern unter die Bügel seiner Brille und zupft sie sich von der Nase herunter.

Undurchdringliche Dunkelheit umgibt ihn, er sieht so viel wie ein Maulwurf in seinem Gang. Totenstille.

Na ja, irgendwie hätte ihn das Tabellenprogramm doch gereizt, dachte er gerade, als er beim Versuch, dem Chaos zu entkommen, ein Geräusch wie das Brechen von Glas vernimmt...

BUTTONCOWBOY

Kleine Rückschläge gehören halt dazu, wenn man sich für etwas Neues zu interessieren beginnt. Mittlerweile hat Harald einige Routine in Sachen Digitalwelt gesammelt. Und so landete eines Tages eine E-Mail-Nachricht einer ihm flüchtig Bekannten in Haralds virtuellen Briefkasten, mit der Einladung zur Network-Plattform Zing.

Was kann das denn wieder sein, überlegte er? Ist das Spam, oder habe ich eine heimliche Verehrerin? Ein bisschen nervös war er, denn sein Einstieg in die Computerwelt lag ja noch nicht lange zurück. Doch dann überwog die Neugier und um zu sehen, was in der Nachricht stand, meldete er sich, immer noch nicht recht vertraut mit diesen Account-Dingen, mit Benutzernamen und Passwort an.

Nach der Registrierung klickte er sich in dieses virtuelle Fischernetz hinein und staunte: man/frau ist zum Beispiel CEO, Geschäftsführer, Trainee, Senior-, Junior- oder Vicechairmen, Research Assistant, Consultant oder Key Account Managerin. Da gibt es Leute, denkt er, die können laut ihres Lebenslaufes noch nie wirklich gearbeitet haben, da sie sich ja offensichtlich ständig auf Weiterbildung befinden! Seine Volks- und Hauptschule dagegen, die Lehre, der Gewinn der Fußballmeisterschaft mit den Grazer Sportklub-Junioren 1977, ein Semester Gitarre-Unterricht auf der Volkshochschule, der 100 Schilling-Gewinn in der Jugendschutzlotterie, sogar seine Euro-Münzensatz-Sammlung der zwölf ersten Beitrittsländer, die Handelsschulmatura und 35 Berufsjahre, das kam ihm nun ganz schön mickrig vor!

Bald nach der Anmeldung kam schon die erste Freundschaftsanfrage, und so nach und nach addete Harald neue Bekannte für sein persönliches Netzwerk indem er von immer mehr Usern in das ihrige aufgenommen wurde. Leider konnte er die, schon am nächsten Tag eingetrudelte Einladung zu einem Unternehmer-Frühstück in Köln, Passau oder Genf, aus Zeitgründen nicht gleich annehmen und so mussten diese wohl oder übel ohne seine wichtige Beteiligung stattfinden.

Durch einen Werbebanner, auf den er seine Computermaus mit links dirigierte, wurde er zu Varni weitergeleitet, einer Community mit nicht ganz so elitären Mitgliedern. Da lernte er Philosophen kennen, Malerinnen, Hundefreunde, eine Jane- Austen-Bewunderin, Skipper, Politiker, Flieger, verschrobene Künstler, sogar Hausfrauen und jede Menge Autoren von Zuschussverlagen wie er selbst – die wiederum auf Zing als Versager angesehen werden – und erreichte mittlerweile den respektablen Austrian Rank 28!

So nebenbei findet man sein Profil inzwischen auf Mytube, YourSpace und selbstverständlich auch in Facepool und Foodle. Bei SchülerWC wurde Harald neuerdings hinauskomplimentiert – aber sein aktueller Coup ist: Zwitter! Endlich hat er Platz gefunden für seine 160-Punkte-Nachrichten! Er zwitschert also darüber, was und wann er seine Kanarienvögel füttert, welche Serie im TV er gerade schaut und leitet die Fußballergebnisse seiner Heim-Mannschaft FC Birkengreith in der Gebietsliga Südost weiter. So kann der Sportinteressierte auf der ganzen Welt die Ergebnisse der Spiele gegen TUS Zehentberg, FC Frutten oder den FK Wimpernverlängerung Oberlabill im Internet verfolgen.

Aber der Reihe nach. Als nächstes bekam er von einem Varni-Bekannten die Einladung, bei academiy einen account zu starten. Weil: total in Englisch gehalten, bekam er sofort nach dem login twentythree requests to accept the invitation to join the network of many fantastic people!

Nach zwei Wochen hatte er schon an die 180 friends. Angefangen vom Inder Ramesh, der weltweiten Handel mit allem möglichen betreibt, dem kroatischen Buddhisten Branko, über den gottesfürchtigen, aber knallharten amerikanischen Businessman John – ist er nun befreundet mit unheimlich vielen, unglaublich netten Leuten. Beginnend bei der sprachbegabten Mary aus USA, dem Vielschreiber Daniel-Flavius aus Rumänien, dem Dänen Jungløw, der eloquenten Safae aus Marocco, Leuten aus Belarus, Kanada, Nepal, Pakistan und noch vielen anderen, bis hin zur leicht schrägen holländischen Künstlerin Jet.

Sie alle erweisen sich als überaus hilfsbereit. Man müsse ihnen bloß schreiben, wenn man irgendwas brauchen sollte, ganz egal was. Oberstes Gebot ist es nämlich, sich gegenseitig zu helfen wo immer es geht – oder zumindest Hilfe anzubieten.

Geht man auf die Hilfsangebote allerdings wirklich ein, wird sich sehr bald danach der jetzt gut Bekannte melden und dir anbieten, ihm zum Beispiel auf Franchising-Basis eine Palette Vitamintabletten abzunehmen. Du musst dann lediglich weitere zwanzig Abnehmer finden, um das Geschäft deines Lebens zu machen!

Harald kann nicht gut nein sagen. Als logische Konsequenz ist er seit neuestem auch auf der Karteiliste der Vital-Networkers und damit ein Mastermind! Bei Sta.rtOn.biz erklärt eine blonde texanische Powerfrau in einem Video wahnsinnig schnell, wie sie fünf Jobs, fünf Kinder und noch was mit fünf, was er sich aber in der Geschwindigkeit nicht merken konnte, unter einen Hut bringt, ohne Burnout zu bekommen! Moderiert wird diese Sendung von einem graumelierten, smarten Moderator. Breit lächelnd und ebenso rasant sprechend. Ein gewisser Mark wants to give him M.o.n.e.y. Er soll sich zuerst in seinen Blog einschreiben, daraufhin sendet er ihm seine Tipps zu einem Super-Low-Price als E-Book direkt in die Mailbox! Irgendwie gelang es Harald, sogar in den Health Success and Women-Club aufgenommen zu werden! Vielen Dank an Heather und Dr. Sally! Hier bekommt er nun wie die anderen „Divas" Tipps über Branding, Boot-strapping & Goals undwie man garantiert Millionaire wird!

Bei Lifenoches korrigiert er zwischendurch die Deutschkenntnisse von Brasilianerinnen oder Schweden, betet bei den Inconfessors of the world für Menschen in Notsituationen und outchecked die neuesten Cowboymusik-Tipps, die er dort von seinem friend Doug bei Country Abroads erhält.

Sein Notizbuch ist inzwischen mit den verschiedensten Passwörtern und Benutzernamen randvoll geschrieben. Er weiß nicht mehr, wo er sich schon überall eingetragen hat. So ganz im Vertrauen gesagt, verrät er Ihnen hiermit – weil Sie haben so ehrliche Augen! – einige seiner Nicknames! Die heißen zum Beispiel:

Mietzekater88, Bärlein89, Bubi90, Superboy66 und zuletzt: Buttoncowboy! Er kann es ihnen ja sagen, denn die Passwörter dazu verrät er Ihnen nicht! Die hat er nämlich sicherheitshalber in einem Ordner auf dem Desktop abgelegt und muss beim Anmelden nicht ständig über die jeweiligen Anmeldedaten grübeln. Zum Glück hat sein neuer Internet-Browser eine Möglichkeit, sich die Daten zu merken und meldet ihn automatisch an!

Eine Wesensänderung ist ihm aber in letzter Zeit mit einigem Bangen an sich aufgefallen: es hat sich bei ihm so etwas wie ein Killerinstinkt entwickelt! Manche seiner virtuellen Freunde hatten sich doch etwas zu aufdringlich benommen. Beim ersten Mal zögerte er lange, seine Finger verweigerten, aber es musste geschehen! So wurde der erste lästige Freund per Knopfdruck ausgelöscht, gekillt! Bei den paar Nachfolgenden ging es dann schon etwas leichter, denn man wird alles gewohnt. Nur manchmal wacht er nächtens auf, dann schweben die unerlösten Gespenster vor ihm im Cyberspace und klagen ihn stumm und vorwurfsvoll an: „Warum hast du mich als Freund gelöscht? Wir hatten doch 34 gemeinsame Freunde!"

Eines Tages umwarb ihn eine junge Dame von der Elfenbeinküste mit einem überschwänglichen Liebesbrief auf seinem OurSpace-Konto. Er sollte sie an ihrer privaten Email-Adresse anschreiben, sie habe sich in sein Profil verliebt! Sogar ein Bild schickte sie mit und er fragte sich ganz aufgewühlt, was diese tolle junge Frau so interessant an ihm finden mochte?
Als er aber, nur so, aus Interesse, nicht wahr? – den in diesem Mail erwähnten Namen ihres von Rebellen

getöteten Vaters im Internet googelte, erschienen leider sofort dutzende Internet-Adressen, worin eindringlich gewarnt wurde. Unter verschiedensten Namen und auffallenderweise immer mit Bezug auf Priester, die in irgendwelchen entlegenen Flüchtlingslagern aufopferungsvoll Krankenstationen leiten, versendet jemand diese Mails, kombiniert mit Bildern junger Frauen. Geschrieben in allen möglichen Sprachen – geht derselbe Wortlaut in alle Welt, der zuerst so geheimnisvoll verlockend klang. Schweren Herzens beendete Harald die Sache und so wurde nichts mit einer exotischen dunkelhäutigen Freundin.

Und doch ist festzustellen, mit einigen dieser accepted contact requests kam es zu unerwartet gutem und tiefergehendem Gedankenaustausch. Eine erfolgreiche Dame aus London etwa, die ebenso wie Harald und Arnold Schwarzenegger in der Steiermark geboren war, hat ihn mit einer Nebenbemerkung – der Beschreibung von aufbrechenden Blüten an Londoner Kirschbäumen, den ersten Geschmack des Frühlings kosten lassen, obwohl hierzulande im Februar gerade meterhohe Schneeverwehungen für Probleme sorgten. Daher LieGrü an W.!

Eine Sache muss man noch erzählen: seit kurzem ist er, was zu Hause nicht gerade leicht zu bewerkstelligen ist, über Facepool verbunden mit seinen drei Kindern! Das ist für ihn der überzeugende Beweis, dass sie also wirklich existieren! Denn manchmal hatte er den Eindruck, er wäre kinderlos geblieben. Niemand ist zu sehen, ob bei Tag oder des Nachts! Aber sie richten ihm nun über das Netzwerk aus, wann und wo genau er sie nach Mitternacht abholen möge! Der absolute Höhepunkt aber, hier ist er sogar befreundet mit seiner eigenen Ehefrau!

Sie tauschen nun hugs, also Umarmungen, aus oder sammeln sweet cherrykisses und turteln hier im Netz verliebt wie schon lange nicht! Da sie ständig online sind, kann sie ihm aus der Wohnung nebenan, auf einem seiner Community-Konten, mit niedlichen smilies versehen mitteilen, wann das Essen fertig ist! Und noch einen Vorteil hat die Sache: Da er hier im Netz praktisch nie schläft, kann er seine Partnerin mit seinem Schnarchen auch nicht in ihrer kostbaren Nachtruhe stören! Seine mittlerweile drei Laptops laufen nämlich rund um die Uhr! Nebenbei testet er neue Apps und erledigt die normale Post von seinem Ibrett aus. Um genügend Zeit für seine auf der ganzen Welt verstreuten Freunde zu haben, hat er seinen Job als Leiter des städtischen Bauamtes gekündigt. Harald ist zur Überzeugung gekommen, dass, wenn man sich etwas einschränkt, man mit der Sozialhilfe ganz gut über die Runden kommen kann! Immer nur Arbeit, das kann doch nicht alles sein im Leben!

Nur vermuten kann man, wie erwähnt, ob die Aufzählung der Einträge in den diversen Communities vollständig ist. Sollten aber auch Sie eine eigene neue Seite starten wollen und noch Mitglieder für Ihr Netzwerk brauchen, schreiben Sie unbesorgt an Harald! Er ist dabei! Sie werden ihn treffen! Denn sie verfangen sich garantiert in seinem feingesponnenen Netz in der digitalen Welt und finden ihn – den Buttoncowboy – garantiert irgendwo tippend und chattend: in den unerforschlichen Weiten des World Wide Webs!

EINE WICHTIGE ROLLE

Heute war wieder so ein Tag.

Ein richtig miserabler Tag!

Das begann schon in der Früh beim Aufstehen. Weil die Batterien seines Weckers ihren Dienst ohne sich abzumelden gekündigt hatten, kam Alfred zu spät zu einer Besprechung mit einer eloquenten Dame vom Finanzamt. Mit Müh und Not konnte er daraufhin einer Taschenpfändung gerade noch entgehen. Klein wie ein Pygmäe machte er die Türe zu ihrem Büro von außen zu.

Um sich von diesem Erlebnis zu erholen, tat er etwas, das er sonst nie macht, aber was bei Darstellern in Filmen ganz üblich ist. Er betrat das Columbia Café um die Ecke und bestellte sich –ja! einen Cognac zur Beruhigung.

Bei der Ausfahrt nach der Autobahn: Polizeikontrolle! Autobahnvignette, Erste Hilfe Box, Röhrchen blasen. Was haben wir denn da? Null Komma sieben!

Was folgt, ist die Heimfahrt mit dem Taxi.

Dort angekommen, ein Blick in den Postkasten. Neben dem üblichen Stoß an Werbeschriften findet sich ein Brief aus England mit einer Rechnungsmahnung für einen vorgeblichen Internet-Brancheneintrag in der Höhe von sage und schreibe 2643 Euro! Dass diese Rechnung ein Fake ist, war ihm schon klar, nur im ersten Moment hat es ihn trotzdem ordentlich gebeutelt.

Auf diesen neu einsetzenden Adrenalinstoß hin stürzt er sich wie wild in die Arbeit an der Hobelbank.

Wenigstens der Akkuschrauber ist dort, wo er sein sollte. Ein Griff, Schraube ansetzen, Schaltknopf drücken – nochmals drücken, kein Geräusch?

Akku leer.

Jetzt erinnert er sich, dass der Sohnemann gestern an seiner Hobelbank einen ordentlichen Sägemehlhaufen produziert hat.

Alfred macht die Augen zu und presst seine Fingerspitzen seitlich an die Stirn und die beiden Daumen an die Wangenknochen.

Nach kurzer Zeit meldet sich ein gewisser Drang.

Die hinuntergelassene Hose bringt daraufhin tatsächlich Erleichterung.

Mit etwas Wasser aus der daneben befindlichen Leitung befeuchtet Alfred sein Gesicht. Das tut gut. Dann der übliche Griff zur Klosettrolle.

Sie ist – bis auf den Trägerkarton – leer.

LAUREL OHNE HARDY

Ach, mein Lieber! Wo bist du nun wieder hingeraten?

Du wolltest doch cool werden? „Gefühle?", hast du gesagt, „die sind doch nur etwas für Verlierer. Was heute zählt, ist gesunde Härte, sich verriegeln, nichts an sich herankommen lassen. Gefühle sind tabu. Akzeptiert werden vorzeigbare Zahlen, Daten, Fakten und keine sentimentalen Gefühlsregungen! Aber vor allem zählt, was du selbst willst und nicht, was andere wollen!"

Eine alles abweisende Teflonhaut hättest du dir wachsen lassen, an der alles abgleitet, was nur ansatzweise mit dem Wort Problem zu beschreiben sei.

„Immer locker bleiben! Wenn man nur will, ist jedes, und ich betone: wirklich jedes! Ziel zu erreichen!"

So sprechen die beiden angenehmen Stimmen auf dieser verschwörerischen CD, die du jeden Tag mindestens einmal anhörst.

„Halte dich an das Prinzip und der große Reichtum wird dir an dem von dir festgelegten Termin in die Hände fallen, wenn du nur fest an dich glaubst!"

Mit einem Male standest du da, wie Laurel ohne Hardy, Old Shatterhand ohne Winnetou, oder wie Max ohne Moritz. Während des Gehens verlorst du ab und zu das Gleichgewicht, denn du warst schon so daran gewöhnt, dass ein Zweiter ein bisschen in die andere Richtung zieht.

Dann kam die quälend lange Phase, in der du wie ein Goldfisch im Glas teilnahmslos von innen auf die

Welt da draußen geguckt hast. Der letzte Rest an Stolz war dir weggemeißelt worden. Nur langsam löste sich der Knoten in deinem Kopf und du begannst, die Situation zu analysieren.

Was steht derzeit auf der Habenseite? Naja, soviel kam da nicht heraus. Geld? Reicht gerade so, um weiterwursteln zu können. Job? Viel Aufwand für – siehe oben. Aber doch – innere Zufriedenheit! Dir fallen auch trotz bohrenden Nachdenkens kaum Situationen ein, in denen du jemand absichtlich irgendein Unrecht getan haben könntest. Doch damit ist nun Schluss! Du hast dir neue Ziele gesetzt. Ab jetzt machst du nur mehr das, worauf DU gerade Lust hast! Gehst, wann du willst, kommst, wann du willst, machst was du willst, egal was die anderen sagen! Besonders den Frauen wolltest du nur mehr zynisch begegnen, dabei aber stets auf der Lauer sein, falls sich mit einer dieser Hexen auf Stöckelschuhen etwas ergeben könnte! Ab jetzt wolltest du nur mehr Nehmen. Keine Rede mehr von Geben. Dein Plan war, dich wie ein Schmarotzer aushalten zu lassen.

Aber was ist plötzlich aus deinen Vorsätzen geworden? Du warst so sehr mit düsteren Gedanken beschäftigt, bist deinen materiellen Zielen nachgejagt, zugegeben, auch das nicht gerade erfolgreich, dass du jetzt wie vor den Kopf gestoßen bist und ratlos dastehst. Mit einem seit langer Zeit ungewöhnlichen Gefühl, wie es dieser stimmlose Sänger in dem Lied besingt, einem Kribbeln, als hättest du Flugzeuge im Bauch!

Na, du verhinderter Macho, wie konnte das sein? Was ist mit dir geschehen? Widerstrebend musst du dir selbst eingestehen: dieses Gefühl tut gut! Nein, nicht nur gut! Es ist toll, hervorragend, wunderbar, fantastisch! Du möchtest plötzlich jeden, der dir entgegenkommt umarmen! Auf dem Gehsteig drehen sich Leute nach dir um und denken:

„Der spinnt ja?"

Du nimmst wieder wahr, wie die Blumen duften, strahlst lächelnd in die Gesichter der Entgegenkommenden, lachst, wenn dir ein Radfahrer gerade noch ausweicht und wirfst sogar dem am Boden knienden Mann eine Münze in den Becher.

Du spürst den Maiwind in deinen gelichteten Haupthaaren, rasierst dich wieder sorgfältig und hast sogar in der Unterwäscheabteilung groß eingekauft! Du plauderst, ohne auf die Uhr zu sehen, am Telefon, erwartest mit Ungeduld das Wiedersehen. Im Blumenladen kennen sie dich schon, du kaufst ihr kleine Geschenke. Später beeilst du dich, ihr in den Mantel zu helfen und die Türe freundlich lächelnd aufzuhalten.

Nun gib doch endlich zu, es hat dich erwischt! Du bist ja frisch verliebt!

Wie Romeo in seine Julia!

LOCAL HEROES

An einem schönen Nachmittag im September warte-
te Gerald Brugger mit einer Gruppe junger Leute auf
einen gemieteten Autobus, der sie in die Bundeshauptstadt kutschieren sollte. Die Band MODULAR, in der
eine seiner beiden Töchter singt, hatte sich nach vier
harten Vorausscheidungsrunden im neu errichteten
Veranstaltungszentrum Birkengreith für das Finale im
Local-Heroes-Bandwettbewerb qualifizieren können,
das in der Arena, nahe des renovierten und denkmal-
geschützten, sogenannten Gasometers in der Bundeshauptstadt abgehalten werden sollte.

Der Fahrer, seiner Aussprache nach ein Mann aus
einem südlichen Nachbarland, stach mit seiner korrek-
ten Bekleidung und den sorgfältig kurz geschnittenen
Haaren auf den ersten Blick aus der Reihe der sich im
Einsteigen befindlichen Fahrgäste heraus. Er trug eine
Anzughose, einen kurzärmeligen dunkelblauen Pullo-
ver und sogar eine Krawatte über dem Hemd.

Der Bus war zu zwei Drittel besetzt mit Anhängern
und einigen weiteren Elternteilen der Gruppenmitglie-
der, darunter also auch Gerald. Sein halbwüchsiger
Sohn hatte sich einen Platz einige Reihen von ihm entfernt gesucht und tat wie üblich so, als ob er ihn nicht
kennen würde. Er begann sich gleich in ein buntes Heft
zu vertiefen, das hieß: MUSIC-NEWS oder so ähnlich,
Gerald konnte den Titel nicht genau lesen. Bald darauf
begann sich sein Sohnemann aber ohnehin mit dem
Mobiltelefon zu beschäftigten. Seine älteste Schwester

übernahm mit ihrem Freund sozusagen das Buskommando und erklärte den kommenden Ablauf. Unter den jungen Leuten, die von Gerald keine besondere Notiz nahmen, waren auch Musiker von anderen befreundeten Gruppen. Es gefiel ihm, dass sie hier solidarisch mit ihren Kollegen waren und zur großen Endausscheidung in die Donaumetropole mitfuhren.

Mit dem Aussehen der jungen Leute musste sich Gerald erst etwas anfreunden. Er bemerkte, dass die Burschen keine Jacken hatten, sondern nur mit ihren T-Shirts bekleidet waren. Allerdings sah er auch, dass sie Zwanzigerpackungen mit Dosenbier geschultert hatten. Einer der jungen Männer war ein recht großer Typ mit langen dunklen Haaren und deutlich sichtbaren Bodybuilder-Muskelpaketen, Produkte ausdauernden Trainierens – oder der Einnahme von Unmengen an Kraftnahrung?

Der Fahrer startete den Bus und lenkte ihn Richtung Autobahn. Anfangs gab es noch ein hin und her gehendes Stimmengetöse. Der Buschauffeur steckte bereitwillig die ihm gereichten Rockmusik-CDs ins Bordradio. Zuerst wurde noch kräftig zur Musik mitgegrölt und mit den Armen in die Luft gedeutet, doch nach einiger Zeit waren praktisch alle Passagiere auf ihren weichen Sitzen friedlich eingedöst. Als der Bus das Wiener Stadtgebiet erreichte, wurden die jungen Leute wieder munter. Der Fahrer parkte den Bus routiniert auf dem vorgesehenen Abstellplatz ein und die Fahrgäste verließen hintereinander den Bus.

Die Arena. Als erstes fiel auf – an der historistischen Ziegelmauer des ehemaligen Schlachthofes gab es nicht eine einzige winzige Stelle, die nicht in mehreren

Schichten mit Graffiti bespritzt oder bemalt gewesen wäre. Friedlich hockten am Boden davor und an den Mauersimsen junge Leute und unterhielten sich. Die Stimmung erinnerte Gerald an seine Teenager-Zeit in den Siebzigern, die Mode und das Gehabe hatten eine gewisse Ähnlichkeit gehabt.

Den Zutritt zum eigentlichen Veranstaltungsareal bewachten grimmig aussehende Rockertypen, so hätte man früher gesagt. Glatzköpfige, am ganzen Körper tätowierte Burschen und auch Mädchen, jede und jeder Einzelne mit einem Glimmstängel bewaffnet, kontrollierten die Besuchertaschen. Die Luft war zum Schneiden. Besser war es dann in der Halle selbst, dort herrschte, zumindest theoretisch, Rauchverbot.

Der Bewerb hatte begonnen. Viele unterschiedliche Musikstile erklangen. Von hippieartigen Improvisationen über Blues und Jazz bis hin zu harten Rockstücken war alles vertreten, die Musiker gaben ihr Bestes. Auch die eigene Band spielt großartig. Ihr Musikstil nennt sich Alternativ-Rock oder so ähnlich. Sie hatten es Gerald schon ein paarmal erklärt, aber er brachte die Bezeichnung noch immer durcheinander. Er spielte mit dem Gedanken, sich demnächst Ginko- oder Omega3-Pillen für ein besseres Gedächtnis zu besorgen. Die Jungs und die beiden Sängermädels legten einen fulminanten Auftritt auf die Bühne, es passte alles – guter Sound und beeindruckende Lichtshow. Die mitgereisten Fans, Eltern und Freunde machten dazu richtig Stimmung. Nach dem äußerst gelungenen Auftritt rechnete er persönlich schon damit, dass sie zumindest im vorderen Listenfeld landen müssten.

Als die letzte Partie ihre Stücke absolviert hatte, gab es eine längere Pause, in der die Jury ihre Bewertung abgeben sollte. Neudeutsch gesagt, sie „wouteten".

Die Siegerband vom letzten Jahr, Gnackwatschn, mit Hirschgeweih, spielte dann als Hauptgruppe ein kurzes, aber deftiges Programm. Endlich trat die Jury auf die Bühne und verkündete das Endergebnis. Groß war Geralds Enttäuschung und die der anderen mitgereisten Daumendrücker: ihre Leute waren leider nicht bei den Siegern, sie lagen etwa am Anfang des letzten Drittels. Gewonnen hatte eine Tiroler Band, die zwar auch gut gespielt hatte, aber eigentlich ziemlich altmodischen 08/15-Bluesrock dargeboten hatten. Inwieweit das zukunftsträchtig sein kann, sei dahingestellt.

Inzwischen war es ein Uhr morgens geworden. Die Temperatur war vielleicht auf zehn Grad zurückgegangen, doch niemand ließ sich darüber etwas anmerken. Die Lautstärke, der lange Tag und das bis zur letzten Dose konsumierte Bier plus umfangreiche Zukäufe weiterer flüssigen Brotes in einem Geschäft des nahegelegenen Gasometers, hatten die Kräfte aufgebraucht. Alle waren froh, den pünktlich wartenden Bus wieder besteigen zu können, lehnten die Köpfe an die gemütlich gepolsterte Rücklehne und schlossen die müden Augen.

Irgendwann während der Heimfahrt erwachte bei einigen der illuminierten Passagiere wieder ihre jugendliche, etwas unhöfliche Ausgelassenheit, als plötzlich der Busfahrer eine Durchsage über das Bordmikrophon machte: „Ab sofort ist das WC im Bus verschlossen, weil bei der Herfahrt, obwohl ich es ausdrücklich untersagt hatte, dort jemand geraucht hat!

Ich finde das sehr unhöflich und ungezogen, ich habe euch extra auf das Verbot hingewiesen! Wenn jemand aufs Klo muss, dann meldet euch und ich bleibe beim nächsten Parkplatz stehen zum Austreten! Und dass mir die angetrunkenen Burschen ja nicht das Bier auf die Sitze speiben, ich mach euch aufmerksam, dass die Reinigung eines einzigen Sitzes einhundert Euro kosten würde!"

Ob jemand von den wieder munter gewordenen Businsassen wirklich auf die Worte des Fahrers gehört haben mochte, ist ungewiss. Jedoch meldete sich aus dem hintersten Teil des Busses wie aus der Pistole geschossen der athletische Dodo und rief nach vorn:

„Passt´s auf Burschen, wenn des so teuer is´, dann müss ma uns beim Speiben olle auf aan Sitz einigen!"

Aber die Heimfahrt nach Birkengreith verlief reibungslos und wieder einmal konstatiert Gerald mit Erstaunen, wie es manchen Leuten gelingt, die Antwort auf den Inhalt einer langen Rede philosophisch auf einen winzigen Punkt zu bringen.

ACE OF SPADES

Ein unaufgeregter Essay über den Besuch eines Auftrittes der britischen Rockband Motörhead. Um die Lesbarkeit zu erhöhen, wird die von Charly – eigentlich Karl Schabler – erlebte Geschichte in der Ichform erzählt. Man könnte sich bei der Art und Weise der Beschreibung des Ablaufes genauso gut den deutschen Schlagersänger Florian Silbereisen vorstellen. Wer möchte, kann während des Lesens der Geschichte das sogenannte Headbanging betreiben, wir übernehmen allerdings keine Verantwortung dafür!

6.1.1982: Birkengreith. Abfahrt 17 Uhr 10. Totale Finsternis.

Pinkafeld, circa 19 Uhr.

Vor der Halle: Unglaublich, sage ich mir, wie hart manche Typen sein müssen. Bei geschätzten Null Grad Celsius stehen hier welche im offenen Hemd und Jeansjacke herum! Ich stelle mich zur noch nicht so großen Gruppe, weil ich denke, dass es inmitten der Leute wärmer sein wird. Neunzig Prozent der Jungs und ein paar Mädels tragen Jeans, Lederjacke und darüber eine kurze Jeansjacke. Einige trinken Bier aus der Flasche. Pausenlos werden Zigaretten angezündet, die Menge wird größer. Ein Gerücht wird weitergegeben, die Öffnung werde sich auf neunzehn bis neunzehn Uhr zwanzig verzögern, es gibt Soundprobleme. Die Anlage war mit zwei riesigen Tiefladern vom vorigen Auftritt kommend hergekarrt worden. Knallfrösche explodieren. Gekicher. Schwankend torkelt der erste Betrunkene umher, einige imitieren ihn spaßhalber.

Gegröle: Heavy Metal! Mo tör head! MO TÖR HEAD!

Von irgendwoher tönen Gitarrenriffs. Ein ungewöhnliches Paar mit Lodenmantel und Tirolerhut, das sich unter dem Publikum befindet, wird zum Gelächter, reagiert darauf aber ganz kühl ohne mit der Wimper zu zucken. Die Lacher verstummen.

Neunzehn Uhr fünfundvierzig: der Eingang wird geöffnet. Die Menge beginnt zu schubsen, einmal geht es in Richtung Eingang, dann wieder von dort weg. Eingekeilt treibt man hin und her. Merke: keine geputzten Schuhe und saubere Hosen anziehen, da jedermann nach Halt strampelt. Endlich bin ich drinnen. Zu beiden Seiten der Bühne etwa zehn Meter breite und drei Meter hohe PA-Boxen, zwei riesige Marshall-Basstürme links, drei Riesen-Marshall-Gitarrentürme rechts hinter dem opulenten Schlagzeug.

Davor steht die kleine Anlage von CASTRUM, die hier als Vorgruppe aktiv sein dürfen. Sie spielen meiner Meinung nach eher mittelmäßig, versuchen aber mit sehr betontem Gestengehabe für Stimmung zu sorgen. Sie werden aber auch vom Tonmixer schlecht und überlaut eingestellt, so laut, dass Sänger und Gitarrist zeitweise neben der Tonlage agieren.

Nach ihnen entsteht dann fast eine Stunde Pause mit lauter Konservenmusik. Ich gehe auf Verdacht hin etwas näher zur Bühne, vorher stand ich so zehn Meter weiter hinten mit meinem Bier.

Motörhead!

Die drei Stars kommen unter heftigem Geschrei und Pfeifen auf die Bühne. Lemmy raunzt in das Mikro: „We are Motörhead and we play some Rock´n´Roll!" Ein paar kreischende Töne von den Instrumenten und sie fahren vom ersten Augenblick mit einem Donnerwetter ab. Jede Nummer wird angesagt, was heißt angesagt: angegrölt! Kein Wort ist zu verstehen, die richtigen Fans wissen aber, welches Stück gemeint ist. Vorsorglich habe ich mich auch nicht vor die Lautsprechertürme gestellt.

Gekommen bin ich mit doch relativ großen Erwartungen, ohne die Band intensiv zu kennen. Motörhead sind, wenn auch auf ihrem Gebiet, so doch zeitgemäße Stars, die man in Österreich eher selten sehen kann.

Viele Kollegen kommen dazu im Gegensatz erst dann zu uns, wenn sie den Höhepunkt ihrer Karriere schon einige Zeit überschritten haben. Sie spielen eine Art Punkausgabe von CREAM. Der Gitarrist erinnert an Adam Ant, heißt Brian Robertson und spielt irrsinnig gut, mit einer extravaganten Gesichtsmimik, die ich nun, da ich mich inzwischen so auf bis zwei Meter zur Bühne vorgearbeitet habe, gut verfolgen kann. Meistens steht er ganz relaxt vor seinem Verstärkerturm.

Bis auf die kurzen Pausen nach den Nummern gibt es ausschließlich hochtourige Volltempo-Musik, sehr laut, aber auch sehr gut. Meine Mutter fällt mir plötzlich ein, sie würde bei dem Anblick der drei Herren sicherlich Angst bekommen!

Lemmys Instrument klingt wie ein Mittelding aus Bass und Rhythmusgitarre, welches nicht wirklich gut herauszuhören ist, aber den typischen, dichten Soundteppich erzeugt. Sein Mikro steht so, dass er, seinen Kopf ständig nach oben gerichtet, hineinröhren kann. Am Schlagzeug mit zwei pulsierenden Fußtrommeln sitzt Phil „the animal" Taylor. Bei einigen Nummern sprechen sich die drei Musiker die Einsätze auf der Bühne ab.

Die Leute flippen, schütteln ausgelassen mit den Köpfen, imitieren abwechselnd den Gitarristen oder den Drummer, zucken mit dem ganzen Körper. Einige hüpfen, sich gegenseitig um die Schulter fassend umher, solange, bis sie als Kollektiv das Gleichgewicht verlieren und rundum johlend zu Boden gehen. Wie schon gesagt: Schuhe und Hosen...

Selbst ich kann mich des Hammers und der Lautstärke nicht entziehen und fahre unbewusst ab mit der Musik. Motörhead nimmt den Auftritt sicher als Routine hin, where the fuck is Pinkafeld? Aber zwischendurch steigern sie sich in einen wahren Spielrausch, animiert durch das eigene Adrenalin. Dann stürmen sie wie die Bösen auf das Publikum zu. Von ihrem schlechten Image bezüglich Saufen oder Kiffen ist zu diesem Zeitpunkt nichts zu bemerken. Aber was hinter der Bühne abgeht, wird eine andere Wirklichkeit sein. Gut, vom Drummer sehe ich nicht besonders viel, aber die drei Leute hier auf der Bühne wirken recht sympathisch, in ihrer Art eben. Sicher sind die Mannen von Motörhead nicht umsonst Weltspitze und – da nur zu dritt – mobiler als andere.

Was mir auffällt ist, dass nach den Stücken niemand klatscht, sondern dass es zu einem allgemeinen Aufheulen des Publikums kommt mit nach oben gestreckten Händen!

Ich hatte eigentlich vor, nur kurz vorne zu bleiben und dann nach hinten abzurücken, habe das jedoch gänzlich übersehen. Unter den Zuschauern entdecke ich Shuggle Hois und die beiden SQUARE-Egitarristen. Die Musik und das Image Motörheads ist offensichtlich Ausdruck eines Teiles dieser Generation, ähnlich dem der Hippies und ihrer Musik damals. Im Publikum sehen einige Typen schon recht martialisch aus, was aber fast wie ein Theater wirkt, als ob sie eher verschmitzt etwas darstellen würden. Ohne Zugabe verschwindet MOTÖRHEAD von der Bühne.

Da bei der Heimfahrt bei meinem alten VW-Käfer wieder einmal die Wärmetauscher nicht richtig arbeiten, habe ich zu tun, die Frontscheibe eisfrei zu halten. Ich hole aus dem grauen Käfer das Letzte heraus, was er hergibt, die Tachonadel reckt sich bis in die Nähe von 110 km/h. Ich höre nichts, schwebe ohne irgendein Geräusch durch die stille, eisige Nacht. Erst beim Einschwenken von der Hauptstraße zu unserer Seitengasse gehen mir plötzlich die Ohren auf und der gewohnte Lärm des Boxermotors lässt mich kurz erschrecken.

Diese damals geschriebene Geschichte kommt Charly in den Sinn, als am 28.12.2015 die Nachricht vom Tod des gerade eben 70 Jahre alt gewordenen Ian Fraser Kilmister durch die Medien geht.

Er ist etwas ratlos: Wohin ist dieser, einst am Heiligen Abend geborene Lemmy nun gegangen, der von sich selbst sagte:

„Ich sehe nicht aus wie ein Gentleman, aber ich lebe wie einer"?

Himmel oder Hölle – er weiß nicht recht.

Ein möglicher Tipp wäre, dass er in einer mit Whisky befeuerten silbernen Maschine, am Heck eine Pik-As-Zeichnung, schlaflos durch das Weltall düst...

EINE DOSE KOMMT HERUM

In der vergangenen Nacht hatte ich nicht gut geschlafen. Christoph, mein eingetragener Lebenspartner benimmt sich seit einiger Zeit recht merkwürdig. Ich stehe in meinen rosaroten, pelzigen Hausschuhen und dem Seidenpyjama vor dem Fenster und sehe hinaus. Eigentlich sehe ich gar nicht, was draußen vor sich geht, ich sehe eher nach innen in mich hinein. Die Tasse mit frischgekochtem Ayurveda-Tee wärmt meine Hände, aber trotz eingeschalteter Heizung ist mir kalt.

Zuerst hatte ich überhaupt nicht verstanden, was los ist, aber langsam hatte es bei mir gedämmert, was er mir mit größter Rücksichtnahme und ausgesprochen vorsichtigen Worten seit einiger Zeit zu erklären versuchte. Mein, pardon – bitte nicht böse sein! – Schnarchen würde ihm den für seine künstlerische Arbeit nötigen Schlaf rauben. Er habe sogar begonnen, in der Früh Espresso zu trinken, sein Gesicht mit kaltem Wasser zu wecken und vieles andere hätte er unternommen, um mich nicht in eine peinliche Situation zu bringen. Doch alle, wirklich alle seine Frisör-Kollegenmädels meinten, so gehe es nicht weiter! Er habe letztens doch glatt diesem attraktiven blonden Buben um ein Haar die Koteletten zu kurz geschnitten. Durch den Schlafmangel sei er so unkonzentriert gewesen, dass es ihm nicht und nicht gelungen sei, eine einheitliche Länge auf die beiden erotischen Wangenseiten des Jungen zu schaffen. Das war ihm dann so peinlich, dass er sich sofort nach dem Empfang des Trinkgeldes am Klo hatte übergeben müssen!

„Bitte sei mir nicht böse, Darling, aber mach irgendwas, sonst bleibt mir nur noch …"
hatte er mich vor dem Weg in die Arbeit angefleht.

Nun bin ich also unterwegs zu meinem Internisten, einem farblosen Hetero. Es ist ein trüber diesiger Nebeltag im Oktober. Den Mantelkragen habe ich hochgestellt, die Hände in den Säcken vergraben. Einen Parkplatz in der Nähe zu finden, war natürlich aussichtslos gewesen und so marschiere ich in Richtung der Terrassenhäuser auf dem Areal der ehemaligen Ziegelteiche.
Ich bin zu einer Untersuchung meiner beiden Lungenflügel angemeldet durch Abhören, Abklopfen, Atemluftmenge messen, bis hin zum sogenannten Schlaflabor. Dort steht dann ein Gerät für mich bereit, das ich mir in der nächsten Nacht um den Körper schnallen soll, es schreibt mit, ob und wie lange Atemausfälle auftreten. Je nach dem Ergebnis könnte schlimmstenfalls eine gefährliche Apnoe diagnostiziert werden, die einen operativen Eingriff erfordern würde!

Wegen der feuchten Kälte halte ich den Kopf etwas eingezogen, meine Augen sind auf den Boden gerichtet. Undeutlich nehme ich eine silberrotblaue Dose wahr. Bevor ich noch an irgendetwas denken kann, kicke ich sie mit dem rechten Fuß weg.

Es wäre besser gewesen, sie nicht gesehen zu haben.

Die Dose fliegt in hohem Bogen, durch einen Windstoß getragen, genau zwischen zwei zwetschgenfarbigen Zweirädern quer über die Straße. Bevor sie zur Landung ansetzen kann, fährt ein grüner Autobus der

Stadtverkehrsbetriebe daher. Von dessen linkem Vorderrad wird die Dose wieder zurückgewirbelt und schrammt seitlich auf den Helm eines redlichen, ruhigen Radfahrers. Dieser verreißt sein Fahrzeug nach rechts, genau in dem Moment, als er an einem Umzugswagen vorbeifahren wollte, und landet auf der Hebebühne, die sich gerade in die Höhe bewegt! Durch die Geschwindigkeit und die physikalischen Fliehkräfte bedingt, macht er ungewollt einen Salto mortale und landet in Folge rücklings im offen gelassenen Mittelgang der Ladefläche. Die Ladebordwand geht zu, es wird dunkel, der Radfahrer bleibt benommen liegen.

Weil der, bei einer sozialökonomischen Firma angestellte Arbeiter, der an der Bordwand hantiert hatte, in den paar Sekunden des Geschehens von einem auf der gegenüberliegenden Straßenseite gehenden Bekannten vom Arbeitsamt angerufen wurde:

„He Ozwickter, ´terre!",

und dabei den Kopf automatisch in die Richtung des Rufers gerückt hatte, hatte er gar nicht bemerkt, was da eben passiert war! Der Fahrer des pinkfärbigen Pritschenwagens hatte schon den Motor angelassen und drängt seinen Kollegen, einzusteigen. Er will schnell ins Depot zum Abladen, denn schon länger verspürt er einen großen Druck auf der Blase.

Ich verfolge diesen Vorgang mit weit aufgerissenen Augen. Ich schaue mich um, doch außer mir hat niemand sonst irgendetwas bemerkt. Ganz unauffällig sehe ich zu, von hier wegzukommen und biege in die erstbeste Seitengasse ein. Von diesem erlebten Geschehen bin ich völlig verwirrt. Einerseits beschämt über meine Unachtsamkeit, andererseits aber auch, weil mich das Gefühl beschleicht, diesen Arbeiter von irgendwoher zu kennen! Nach einigen Umwegen erreiche ich die Ordination von Doktor Matteschitz. Hastig betrete ich das Gebäude und will die Türe hinter mir ins Schloss fallen lassen, was aber durch die Schließautomatik einige Zeit dauert und lehne mich erschöpft an die nächstgelegene Wand. Da schießt es mir durch den Kopf! Der Arbeiter war mein Stubenkollege während der Militärzeit in der Kaserne! Benedikt irgendwas, richtig, der Benni, der Benni! Mir wird gleichzeitig heiß und kalt!

In der Truppe hatten wir die übliche Außenseiterrolle aufgedrückt bekommen. Während der Stehpausen, in denen die Gruppenführer den weiteren Ablauf diskutierten, schaukelten sich alle acht anderen frisch Eingerückten unserer Gruppe, in tiefen Zügen zigarettenrauchend mit derben Frauenwitzen hoch, nur wir hielten uns heraus. Ich sah also, dass Benni ebenso wie ich nichts damit anfangen kann. Als ich das erste Mal in so einer Pause etwas abseits ging und meinen kleinen Taschenspiegel herausnahm, den ich sorgfältig geschützt in meinem Tornister verwahrt hatte, kam er nach kurzem Zögern an meine Seite und fragte höflich, ob er sich auch im Spiegel kontrollieren dürfe?
Natürlich stimmte ich zu und sah freudig, dass er genauso Wert auf ein hübsches Äußeres zu legen wusste wie ich. Später fügte es sich zufällig, dass wir gemeinsam Wache schieben mussten. Dabei ließ es sich nicht verhindern, dass wir uns näherkamen. Bald verbrachten wir die freien Wochenendstunden gemeinsam in der ruhigen Kaserne. Lustig fanden wir es beide, wenn in der Dienstzeit die Aufseher in ihrem angelernten, ruppigen Ton bei anstrengenden Übungen im gat-

schigen Gelände die ganze Truppe hin und wieder zur Motivation anschrien:

„Seids es eppa olles Weiba, dei nix ausholten?"

und wir, Benni und ich, uns selig dabei anlächelnd, riefen: „Ja!",

aber so leise, dass nur wir es hören konnten!

Das war also eine Überraschung! Weshalb es dann zur Trennung gekommen war, hatte ich mir nie erklären können. Eines Tages war Benni weg. Und jetzt, kurz nachdem ich ihn wiederentdeckt hatte, war er schon wieder fort! Kurzentschlossen lasse ich die Untersuchungen bleiben, öffne hastig die Türe und renne zu meinem geparkten Auto. Da ich die Adresse der sozialökonomischen Firma kenne, trete ich nach dem Ausparken die Fahrt mit Herzklopfen an, in der Hoffnung der pinkfärbige Transporter würde dann an Ort und Stelle sein. Doch schon kurz nach der Stadtbrücke gerate ich in einen Stau, weiter geht es nur zentimeterweise. Alle paar Minuten rumpelt eine Straßenbahn vorbei und dazwischen schieben sich Autobusse. Ich bin so nervös, dass mehrfach der Motor des Autos abstirbt. Dann muss ich mich vorsehen, nicht einen der ungeduldigen Radfahrer umzustoßen, denn diese fahren in Schlangenlinien durch den Autostau, was natürlich bei anderen Autofahrern zu lautstarken verbalen Ausfällen führt, deren Inhalte hier allerdings nicht näher erläutert werden können.

Nach einer gefühlten Ewigkeit geht es endlich halbwegs flüssig weiter, doch nun scheint mir, als schalte jede Fußgängerampel bei meinem Näherkommen auf Rot. Endlich stehe ich vor der Betriebsanlage.

Ich frage mich durch und werde in einen Nebenraum geführt, wo Benni gerade konzentriert seine Jause verdrückt. Keine Regung seinerseits. Ich schwitze. Bei meinem hektischen Einreden auf ihn gerät er leicht in Panik und ruft einen Namen. Daraufhin erscheint ein älterer, nicht sonderlich gepflegter Mann. Zuerst ist er aufgebracht, was ich hier zu suchen habe, er sei Benni´s Betreuer! Doch er beruhigt sich, als ich ihm erkläre, dass ich Benni von früher kenne, doch das wäre ein anderer Benni gewesen!

Der Mann erzählt dann, wohl um mich zu beruhigen, dessen Geschichte. Einen Tag nach dem Abrüsten in der Militärkaserne hätte Benni einen Unfall gehabt, bei dem Sturz hätte er sein Gedächtnis ratzeputz verloren. Nach langwierigen Therapien habe er diesen geschützten Arbeitsplatz bei dem sozialökonomischen Betrieb erhalten. In guten Zeiten wie heute fährt er gerne mit, wenn Wohnungen ausgeräumt werden müssen, er mag es, in fremde Wohnungen zu gehen. Er verhält sich dann absolut ehrlich und helfe fleißig mit. Eine Eigenheit sei aber, dass er sich bisher in jeder Wohnung erkundigt habe, wo der Kamin ist. Dann steht er davor, hantiert an den eisernen Türchen, stochert, wenn einer vorhanden ist, mit dem eisernen Schürhaken darin herum, macht die Türchen alle zu und ist zufrieden. In seiner arbeitsfreien Zeit bleibt er in seinem Zimmer und kümmert sich liebevoll um die beiden Meerschweinchen.

Nach dem soeben gehörten sitze ich da, kraftlos mit leerem Kopf. Ich werfe einen letzten Blick auf Benni, dessen Augen unruhig aber emotionslos einen unbestimmten Punkt auf dem Boden beobachten. In seinen Händen dreht er eine dieser silberrotblauen Dosen. Der Betreuer sagt:

„Aber stellen Sie sich vor: ein Radfahrer kam uns beim Abladen des LKWs von innen entgegen. Den Helm schief auf dem Kopf, fährt der mit dem Rad die Laderampe herunter, wirft diese Dose unserem Klienten vor die Beine und ist weg!"

Ich schüttle den Kopf, sage ein flüchtiges Abschiedswort und verlasse eilends das Gebäude. Wie aus einem unheimlichen Traum aufwachend, finde ich mich plötzlich auf dem Zugangssteig zur stählernen Murinsel. Es ist finster geworden, ich habe keine Ahnung, wie ich hergekommen bin. Durch das Rauschen des Flusses dringt die Titelmelodie von *Miss Marple* an mein Ohr.

Mein Telefon läutet und hat mich aufgeschreckt. Ich wische über das Display, es ist Christoph! Ich höre, wie er mit von Weinen stockender Stimme jammert:

„Wo bist du denn! Ich habe es ja nicht so gemeint! Komm zurück!"

Eine Viertelstunde später liegen wir uns vor dem Grazer Kunsthaus in den Armen. Wir heulen wie Schlosshunde und küssen uns unendlich lange.

Heftiger Applaus ertönt. Wir drehen unsere Köpfe und sehen, dass um uns herum eine große Gruppe von weißen und farbigen Asylwerbern steht. Sie grinsen und möchten uns die neue Ausgabe der Stadtzeitung *Sprachrohr* verkaufen.

TANTE WALTRAUD

Was wäre eine ordentliche Gemeinde, gäbe es keinen Kindergarten!

Auch in Birkengreith wird er mit nicht zu übertreffender Genauigkeit geführt, was die Vorschriften angeht!

Ungefähr in Augenhöhe der Kleinen sind auf Plakaten im Abstand von einem Meter sämtliche allergieauslösenden Inhaltsstoffe aufgezeichnet und beschrieben, dieses wichtigste Erziehungsteil zieht sich durch das ganze Haus. Zu essen bekommen die Kleinen vegane Brötchen, Aufstriche und vieles anderes aus leckerem Tofu, das aus Gründen des Vertrauens in die Lieferanten jeden Tag extra aus der japanischen Provinz Takkohito per Flugboten geliefert wird. Zu trinken gibt es Wiesenkräuter-Tee aus kontrolliertem Anbau in Chile. Fast müßig zu erwähnen, dass dieser Kindergarten die Bestenliste des Landes anführt!

Heute erzählt Kindergartentante Waltraud den kleinen Birkengreitherchens ein – natürlich alternatives – Märchen, das gegen Schluss hin aus Konzentrationsmangel etwas weniger alternativ wird:

„Die Straße entlang nach ganz weit hinten, dort, wo sich Johann und Josepha Fux* ein Stelldichein geben, da am Ortsende musst du in den Waldweg abbiegen und nach dreimal Umfallen bist du angelangt: hier wohnt die Familie Kas-Perle.

Dieser prächtige Clan besteht aus: Benni Kas, Fenni Perle und ihren drei Kindern Toggi, Loggi und Goggi.

Wenn sie aneinandergereiht zusammenstehen, denkt man unwillkürlich an eine Panflöte. Die Familie führt ein harmonisches Leben im Dreiklang mit der Natur. Sie nennen ein schmuckes Kürbishäuschen ihr Eigen. Lustig fädelt sich der Rauch des Küchenherdes aus dem Stängel und verbreitet angenehmen Fliederduft.

Das Kopftuch von Fenni Perle ist vorne verknotet. Sie bläst mit dem Druckluftgerät die letzten Spinnweben von den Wänden. Die Kinder basteln Lebkuchenmännlein, die sie unter großem Gejohle immer wieder einfangen müssen. Benni Kas werkelt in der kleinen Werkstatt an seiner neuesten Gartenzwerg-Designlinie. Alle sind während der Woche sehr fleißig und strebsam.

Doch heute ist wieder einmal ein großes Fest an der Tagesordnung. Sie bereiten sich auf einen Ausflug vor, der sie mit ihrem selbst konstruierten Tretobil zu Tante Berta und Onkel Alfons führen wird, denn er feiert seinen 165. Geburtstag! Alfons ist für sein Alter toll in Form, man würde ihn locker für 150 durchgehen lassen!

Ihr Tretobil ist ein Gefährt, das vorne ein altes Wienerstock-Fenster als Schutzscheibe hat. Über ihnen befindet sich eine Wellblechplatte, jeder sitzt auf einem der fünf mit Rosshaar tapezierten Sättel und hält sich an einer der fünf Lenkstangen fest. Fünf Kurbelantriebe sorgen für das Weiterkommen. Drei bunte Windräder speichern den Fahrtwind in einem Akku, der bei Bedarf die Muskelkraft ergänzt. Benni Kas der ganz vorne sitzt, lenkt das Gefährt mit Hilfe des Joysticks am Bordcomputer.

So fahren sie aus dem Waldweg herauskommend vergnügt auf der endlos langen Landstraße dahin. Sie fahren vorbei an Windmühlen, Riesenluftballonen, Kegelbahnen, Zwergenschulen, Zauberern und wundersamen Einhörnern. Bald biegen sie ein auf den Weg, der neben dem Fluss verläuft. Nun sehen sie Schiffsmühlen, dressierte Delfine, Wasserfontänen, Wasserschiläufer und Wasserbombenfabriken. Vom Schauen ganz ermüdet, denkt sich Goggi, der Kleinste, mit der Zeit:

„Ich bin schon etwas müde, aber die anderen vier treten ohnehin weiter! Wird schon keiner merken, wenn ich eine kleine Pause mache."

Er hebt vorsichtig die Beinchen von den Kurbeln und tut so, als würde er fleißig weitertreten! Etwas später denkt sich die Zweitkleinste, Loggi:

„Ich muss etwas pausieren, die Stramplerei macht mich ganz müde. Wird schon niemand was merken, wenn einer Pause macht, die anderen vier kurbeln eh weiter."

Sie hebt vorsichtig die Beine von den Kurbeln und tut so, als ob sie weiterstrampeln würde. Nicht lange dauert es und auch Toggi, die Größte merkt, dass ihre Beine immer schwerer werden.

„Wird schon keiner merken, wenn einer eine Pause macht, sind ja noch vier weitere zum Kurbeln da!" denkt sie sich.

Benni Kas beschleicht inzwischen ein seltsames Gefühl, er sagt zu Fenni Perle:

„Komisch, die Straße muss ganz schön steil sein, es geht so schwer dahin!"

„Ja", sagt Fenni Perle,

„ist mir auch schon aufgefallen, ich bin ganz außer Puste."

Sie denken schon daran, den Akkuantrieb zu aktivieren, beide möchten ebenfalls ein bisschen verschnaufen. Da sie aber gerade einen Hügel hinunterfahren, gönnen sie sich eine kleine Schonung. Doch es kommt danach wieder eine Steigung hinauf. Da inzwischen niemand mehr das Tretobil antreibt, erreichen sie nur die Hälfte der Anhöhe, sie werden langsamer und langsamer, dann stehen sie. Nur kurz, da bewegt sich das Tretobil nach hinten, fährt die vorige Steigung wieder hinauf, aber auch nur halb, sie werden langsamer, bleiben stehen und rollen nach vor.

Wieder den anderen Hügel hinauf, wieder nur bis zur Hälfte der Hälfte, und so weiter und so fort bis sie schließlich doch den Akku zuschalten müssen. Schwupps, stehen sie bei Onkel Alfons im Vorraum.

Ganz aufgeregt flattern die bodengehaltenen Hühner auf und verstecken sich schleunigst. Onkel Alfons tritt aus der niedrigen Türe des Schlafzimmers hervor. Er hat einen langen, weißen Bart. Vor dreißig Jahren, als er seinen einzigen Einweg-Rasierer verloren hatte, hatte er sich auch das letzte Mal rasiert. Deshalb ist sein Bart nun so lang, dass er bis zum Boden fällt, hinten wieder hinaufragt und schließlich am Kopf eine Schleife macht. Da er ständig einen Hut trägt, sehen seine darunter hervorlugenden Haare aus wie echt, in Wahrheit hat er aber eine spiegelblanke Glatze und befestigt seinen Bart jeden Tag neu mit Hühnermist und Spucke am Kopf.

Seine Frau, Tante Berta, begrüßt all ihre Gäste überschwänglich mit Bussi links und Bussi rechts und führt sie zum festlich geschmückten Tisch. Bevor man sich setzen darf, muss man einen Becher Blütensirup trinken. Dabei verschüttet sie ihr Herz, denn es kommt ihr das Elend in einem Punkt hoch, wenn sie jammert:

„Überall diese Haare, oh, was soll ich machen! Den Dachboden konnten wir schon mit Naturhaar dämmen, alle Sitzpolster sind gefüllt, wir müssen schon exportieren!"

Sie beruhigt sich bald darauf, denn Bellamarie und Walterzwo sind mit ihrem Sportdreiradler ebenfalls schon angekommen. Nur Onkel Albert dreht eine Runde nach der anderen um den Flugacker, denn seine fliegende Zigarre mit den ausgeborgten Kammflügeln bekommt keine Landeerlaubnis! Alle sind sich in diesem Punkte einig, egal ob Sturm- oder Rapid-Fan:

„Das ist wirklich ärgerlich!"

Endlich erhält Onkel Albert von der Austro-Control die Furchengenehmigung und er landet mit einem satten Seufzer. Lange wäre die Sache nicht mehr gut gegangen, denn die Zigarre bestand nur mehr aus einem kurzen Stummel!

Nun sind die Gäste vollzählig versammelt. Onkel Alfons kramt in einer Tonne und holt eine Flasche heraus. Nach einer halben Stunde intensiven Grübelns klopft er mit einem Löffel gegen die Flasche und spricht:

„Sehr geehrte Gschertinnen und Gscherte! Vielen Dank für euren Besuch, ich bin sehr gerührt darüber, aber bitte schüttelt mich nicht!"

Die Gäste sind verblüfft:

„Der kann ja ein richtiger Dschender sein!"

sagt Tante Lähni.

Zwei Stunden vergehen, bis sich jeder einen neuen Platz beim Tisch gesucht hat. Die Feierlichkeiten beginnen. Die Tafel biegt sich unter dem Gewicht der Speisen, die Auswahl ist enorm. Zuerst stimmen die

Besucher gemeinsam das Lied ihrer hopfenpflanzenden Vorfahren aus dem Delta an. Getreulich erledigen sie auch die vorgeschriebenen, traditionellen Ritushandlungen wie Kuchenweitwurf, Schmatzen, Rülpsen und Gackern. Zum Abschluss der Menügänge bringt Kusine Kichi die Torte herein und gibt jedem Gast dazu einen Schlag.

Noch lange feiern unsere Freunde ausgelassen an diesem schönen Tag. Spät in der Früh beim Abschied rufen ihre dünnen Stimmchen:

„Danke fürs Kommen und Gehen!"

Glücklich und satt strampelt auch Familie Kas-Perle mit einem fröhlichen Lied gegen die Erderwärmung auf ihren Lippen dem Morgenrot entgegen. Die Satteltaschen haben sie mit Schnitzelresten in Alufolie gefüllt. Es war ein herrlicher Tag. Zum Glück waren die Windakkus gefüllt. Wer weiß, ob Familie Kas-Perle ohne diese Unterstützung jemals heimgekommen wäre. Zu sehr waren sie beim Fahren mit dem Halten des Gleichgewichtes beschäftigt, das durch die schlingernden, mit Saft gefüllten Bäuchlein in Gefahr geraten war.

Tante Waltraud sieht sich um: Da die Kinder wegen des alternativen Essens saft- und kraftlos gehalten werden, sind sie allesamt während dieser Geschichte ermattet eingeschlafen. Tante Waltraud steht leise auf und hastet zu ihrer Tasche, reißt sie auf und stopft sich mit beiden Händen einen fetten Burger in den Mund.

ARMEE DER EINMACHGLÄSER

Keine Ahnung wo sie herkommen! Plötzlich sind sie da. Geräuschlos, unsichtbar. Sie haben die Speisekammern aller Birkengreither Häuser überschwemmt. Sie – das sind diese furchterregenden Honig- und Gurkengläser!

Alles fing, wie üblich, ganz unverdächtig an. In der Lade mit den Zeitschriften befand sich auch ein Honigglas, sauber ausgespült, harmlos. Norbert nimmt ein Kaffeehäferl aus der Kredenz – daneben steht: ein Gurkenglas. Unauffällig, nichts weiter. Er gießt die kümmerliche Pflanze auf dem Fach unter dem Dachfenster. Warum gedeiht sie nicht? Liegt es am Licht, hat sie zu wenig oder zu viel, oder was? Jedenfalls auch auf dem Bord – richtig, ein Olivenglas!

Eigenartig, gestern kam Norbert nach Hause, es war schon dunkel, da hat er so ein Gefühl, als würde er beobachtet werden. Leidet er etwa an Verfolgungswahn? Er macht Licht. Nichts Auffälliges. Er zieht die Stiefel aus, stellt sie ins Regal, legt den Schlüssel auf den Tisch – darauf? Ein Gurkenglas! Ein kurzer Toilettenbesuch. Hinter der Türe: in Zweierreihen gestapelte Gurkengläser! Auf dem Spülkasten: sauber gespülte Marmeladegläser! Ermattet fällt er auf sein Bett. Was ist das für ein hartes Gefühl? Er sieht unter das Bett und fasst es nicht: Gläser, Gläser und noch einmal Gläser!

Ein leiser Schauer rieselt ihm über den Rücken und fällt runter auf den Boden. Den wird er aber erst später aufkehren, jetzt hat er nicht die Nerven dazu. Ihm fiel auch auf, dass die anderen Parteien im Haus begonnen hatten, mit flackernden Blicken umherzuirren. Spürten auch sie die nahende Katastrophe? Doch bevor es dazu kommt, dass sie sich organisieren, die Kompetenzen aufteilen, Verantwortungen zuweisen, eine entsprechende Facebook-Gruppe gründen und Spendengelder sammeln können, um dieser Sache beizukommen, wurden sie von Gurken- und Honiggläsern eingekesselt. Diese bekamen Unterstützung von Gläsern mit ehemaligen Inhalten von Roten Rüben, Marmelade, Joghurt, Obstsalat und von weiteren nicht näher zu identifizierenden anderen Gläsern aller Art, viele sogar mit Deckeln! Es gab kaum mehr Platz zum Gehen, es drohte das Haus vor lauter Gläsern zu platzen!

Ein Rätsel jagt das andere, dieses wiederum jagt ein weiteres und so weiter und so fort – bis sie irgendwann am Horizont als kleine schwarze Punkte in der untergehenden Abendsonne verschwinden, eine riesige Staubwolke hinter sich herziehend. Die Wissenschaft steht vor einem ungeklärten Phänomen, der Experte staunt, der Laie kratzt sich am Kopf. Wie vermehren sich diese Gläser? Man erwägt sogar, Tierversuche zu starten – das heißt, wofür eigentlich Tierversuche?

Nach dem Frühling kam naturgemäß der Sommer und schwupps, ist es Herbst geworden. Man bleibt wieder mehr im Haus, draußen ist es noch nass vom kalten Regen. Die Abende sind kühl, die Sonne geht früh unter. Norbert hat Lust auf ein Glas Wein bekommen, mal schauen, was da so auf Lager ist.

Lange Zeit war er nicht mehr in der Speisekammer, macht die Türe auf und prallt im selben Moment zurück: Er hatte die diversen Glasarten regelrecht vergessen, nun steht er staunend vor einer Armee von Einmachgläsern.

Aber diesmal sind sie befüllt. Mit selbstgemachtem Pesto, Marmelade, Gurken, Honig, selbstgepflückten Teeblättern und Apfelkompott!

SOLIDES HANDWERK

Der Besuch eines Möbelhauses ist an sich nichts An-
rüchiges oder als sonst wie verwerflich einzuordnen.
Etwas schwieriger verhält es sich, wenn ein, sagen wir
gelernter Tischler mit jahrelanger Erfahrung und dem
Spezialgebiet Möbelrestaurierung, plant, ein derartiges
Etablissement aufzusuchen. Es stand aber die Anschaf-
fung der Möblierung für das renovierte Bad auf dem
Programm. Dafür waren antike Teile nicht vorgesehen.
Analog zur heutigen Dusche wären früher ein Bad im
hölzernen Zuber und ein Gestell für die gepuderte
Perücke vorstellbar. Das war es aber schon mit der
früheren Sauberkeit.

So betreten sie samstags das Geschäft über den sich
drehenden Schleusenbereich. Sie, das sind Peter, in
Begleitung seiner Einrichtungs-Expertin und Freundin
Sandra, deren unbestreitbare Qualifizierung für diese
heikle Mission in der Tatsache besteht, dass sie gerne
einkaufen geht.

Sie gehen schnurstracks zur Rolltreppe und fahren
in das Obergeschoß, denn hier unten befinden sich der
Wickelraum für die Kinder, die Toiletten und die Kas-
sen. Oben angekommen, lassen sie sich vom Besucher-
strom mitziehen. In den ersten Regalen sind alle Arten
von Pölstern eingeschlichtet. Dann erreichen sie den
Bereich der Kojen mit jeweils in einheitlichem Stil fertig
eingerichteten Räumen.

Zur Orientierung sind am Boden Pfeile aufgemalt,
außerdem hängen von oben her über den Gehwegen in
gewissem Abstand Hinweistafeln mit Nummerierun-

gen. Sie folgen also den Tafeln. Gar nicht einfach, denn sie führen einen nicht auf dem geraden Weg weiter, sondern immer wieder um Verkaufsblöcke herum, von denen man im Vorbeigehen so praktische Dinge wie Kerzen, Notizblöcke, Waschlappen oder Glühbirnen nehmen und in sein Wägelchen legen kann. Sofern man eines mitgenommen hat. Er dachte, Sandra hätte eines, aber sie meint, das wäre doch seine Sache! Also wieder zurück mit den Waschlappen auf den Stapel.

Durch das Stöbern war Peter abgelenkt worden, so musste er sich wieder orientieren, um seinen Weg aufzunehmen. Genau! Da vorne weiter, dann um diese Verkaufsinsel. Gesagt, getan. Aber Moment, waren wir da nicht schon einmal? Nein, nein, jetzt geradeaus, da links herum und – da war wieder die Rolltreppe! Also umdrehen und auf den Bodenpfeilen wieder zurück. Es geht wieder einmal rechts um eine Insel herum, dem Pfeil nach wieder links, da ist der Wegweiser! Er sieht aus, wie ein Linienplan der Straßenbahn mit ungefähr dreißig Stationen. Das ginge ja noch, aber darunter sind noch einmal unzählige Untergruppen notiert.

Ein mulmiges Gefühl beschleicht ihn. Als er das letzte Mal in der Bundeshauptstadt U-Bahn fahren musste, gab es dort die exakt gleichen Hinweistafeln, die zwar ganz genau die diversen Haltestellen angaben, es jedoch nicht zu erkennen war, auf welcher Seite des Bahnsteigs der Zug eintreffen sollte. Anstatt ins Happelstadion zu gelangen, wäre er damals mit Sicherheit am Kahlenberg gelandet, hätte ihn seine Tochter nicht immer am Arm auf die richtige Seite gezogen.

Nun steht er konzentriert unter dem Schild und versucht, sich die Route einzuprägen. Das tut er, indem er, wie ein Slalomfahrer, mit den Händen die Strecke nachzeichnet. Na klar, ist eigentlich ganz einfach, dachte er. Zuerst immer geradeaus, zeigte die Tafel. Peter geht los. Doch sogleich führten ihn die Pfeile um eine Ecke herum! Dann stellt er fest, dass seine Begleiterin verschwunden war. Da er aber eine Mission zu erfüllen hatte, geht er einmal weiter. Siehe da, nun klappt es! Ganz nach Plan marschiert er richtig vorbei an den Wohnzimmern, Essplätzen und Küchen. Da muss er aber kurz stehenbleiben, denn dieses Thema würde als nächstes drankommen. Bisschen gucken, was es da so an Möglichkeiten gibt.

Er öffnet viele Türen mit und ohne gedämpfte Schließung, zieht und schiebt an diversen Laden, begutachtet Spülmaschinen und Abluftgeräte. Überlegt, wo er diesen Apothekerauszugsschrank hinstellen würde und studiert die Auswahl an Spültischarmaturen. Da erinnert er sich an sein eigentliches Vorhaben. Peter sieht sich um. Von wo war er denn gekommen? Ah, da ist ja wieder ein Pfeil. Er war von rechts hergekommen und muss also klarerweise nach links weitergehen. Vergnügt geht er flotten Schrittes an den Leuten vorbei, die sich, wie ihm schien, wie in Zeitlupe bewegten. Diese Insel noch, dann mal wieder auf der Tafel nachsehen. Verd...flixt, schon wieder die Rolltreppe! Er macht einen tiefen Schnaufer, atmet dreimal tief ein und aus. Eine schwere Entscheidung ist nötig, aber ihm bleibt kein Ausweg. Die Schmach aller Männer, die Schmach der Schmachen – er muss die Verkäuferin um den Weg fragen! Demütig lässt er ihre Belehrungen über sich ergehen, murmelt vergeltsgott und geht wieder los. Die Verlockungen beiderseits des Weges würdigt er keines Blickes, sondern folgt schnurstracks den

Pfeilen. Dabei lässt es sich nicht vermeiden, einige Trödelnde aus dem Weg zu rempeln. Andere Leute, die ihm entgegen kommen, weichen freiwillig zur Seite angesichts seines grimmigen Blicks. Er gelangt an eine größere Kreuzung. Rundum stehen und hängen Spiegel in allen Varianten und Größen.

Der pummelige Verkäufer am Laptop zuckt zusammen, als er ihn anschnauzt:

„Die Sanitärabteilung, sonst knallts!"

Nachdem der Verkäufer sich wieder gefasst hat, weist er ihm ängstlich die Route:

„Da gerade weiter, vorbei an den Teppichen, dann sieht man schon die Badezimmer."

„Na also",

sagt Peter triumphierend. Als er an den Teppichen vorbeigeht, teilt sich aber schon wieder der Weg. Wohin jetzt? Da, der Pfeil! Es geht vorbei an einer Kiste mit Kleiderbügeln. Eine Türe.

Im Rückblick stellte sich heraus, dass er in seiner Aufgeregtheit dem Pfeil für den Fluchtweg gefolgt war. Die selbstschließende Türe war hinter ihm zugefallen. Dadurch wurde Alarm ausgelöst und das Licht war ausgegangen. Das ganze Gebäude musste daraufhin geräumt werden, denn so ein kleiner Dicker hatte etwas von Sprengstoff geredet. Daraufhin durchkämmten bewaffnete Sicherheitsleute stundenlang und erfolglos die Abteilungen.

Peter war in der dunklen Kammer wie gelähmt, denn die nach außen gehende zweite Türe war vorschriftswidrig auch verschlossen. Der Hausmeister war noch im Krankenstand und hatte den Schlüssel im Spind vergessen.

Als ihn am Montag der bestürzte Hauswart völlig geschwächt endlich auffindet, bringt er ihm eilends Smörgåsbord und Glögg. Peter kann sich nicht mehr erinnern, wer er ist und was er eigentlich gewollt hatte. Erst langsam findet er wieder die Fassung und weil es ihm gerade durch den Kopf geht, murmelt er vorsichtshalber:

„Asyl?"

Seine Ex-Freundin Sandra soll angeblich zu dem pummeligen Einrichtungsberater gezogen sein, dessen beeindruckende Wohnung von einem, in dritter Generation geführten Tischlereibetrieb gefertigt worden war.

RAILJET 654

Manches Mal kommt es vor, dass der an sich sehr heimattreue Birkengreither den Weg in die nähere oder weitere Ferne sucht. So wie einst der kurios konsequente Bauer Gsellmann aus dem verschlafenen oststeirischen Dörfchen Edelsbach, der unbedingt nach Brüssel musste, um sich die Weltausstellung anzusehen. Was auf die, mit staunenden Augen aufgenommene, Inspiration durch das Modell des Plutoniums folgte, war, neben dem Beinahebankrott und der Verstörung der Familie, die sein Genie nicht recht zu schätzen wusste, die selbstvergessene lebenslange Beschäftigung mit seiner Weltmaschine.

Gerade heute aber bringt diese Maschine deren Besucher ins philosophische Grübeln über die moderne Betriebsamkeit und die damit verbundenen Sachzwänge für das Nützliche. Ist wirklich alles derartig unabdinglich, was uns als notwendig durch den Gruppenzwang vorgeschrieben wird?

Solche ähnlich weltbewegenden Gedanken machte sich der im Folgenden beschriebene Protagonist allerdings nicht, als er sich auf den Weg in die Bundeshauptstadt machte, wo er wie jedes Jahr die große Comicbuch-Tausch und -Verkaufsmesse besuchen wollte. Vielleicht ließe sich mit den recht gut erhaltenen „Ben Bolt-, Sigurd- und Falk-Hefterln" der eine oder andere „Chris Scheuer" eintauschen?

Hauptbahnhof Graz. Martin steht mit seinem kleinen Rollkoffer am Bahnsteig. Für die Abfahrt bleibt noch einiges an Zeit. Aber besser zu früh als auch nur eine Minute zu spät.

Der Zug steht schon bereit. Auf der Infobox steht: Innenreinigung. Nicht einsteigen.

Die Anzeige am Display wechselt. Einsteigen. Einen Platz in der Economyklasse suchen.

Polstersitze. Man sieht Gleise, Schwellen, Schotterbruch, Eisenmasten und die Starkstromleitung durch die abgerundeten großen Fensteröffnungen. Drei Verschubarbeiter in ihren Warnwesten stehen bei einer abgenutzt-gelben Arbeitslokomotive und besprechen etwas.

Abfahrt. Elegantes Gleiten, die Landschaft rauscht als immer wieder neu zusammengestellte Flash-Animation vorbei. Dachgiebel, Baumspitzen, Lärm-Wand-Schutz-Wand-Sichtschutz-Wand. Judendorf-Straßengel, Peggau. Die vielen Gleispaare fügen sich zu einem überbleibenden zusammen.

Der Monitor zeigt 120 km/h.

Zwei weibliche Teenager oder vielleicht schon Twens haben vor Martin an den Vordersitzen mit dem eingebauten Tischchen Platz genommen und plaudern unbefangen über Beziehungsprobleme ihrer Bekannten.

Bruck/Mur: Ausstieg in Fahrtrichtung rechts! Exit on the right!

Montan-Terminal Kapfenberg. ´Henry am Zug´ wird den Gang entlang geschoben.

Kindberg. Vorbei an Schrebergärten, danach ein schlossartiges Anwesen.

Wie man hört, nehmen sich die beiden jungen Damen vor, einander bald zu besuchen.

Man passiert die Burgruine Wartberg.

Von einem Sitz rechts weiter vorne hört man leises Schnarchen. Es kommt von einem dunkelhäutigen

Reisenden, der lässig auf der Doppelbank liegt. Martins Neugierde ließ ihn das durch einen schmalen Spalt zwischen den Sitzen erspähen.

Spital am Semmering.

Die beiden Mädchen reden über Kantinenessen und von ihren Wohnungsproblemen.

Wolfsbergkogel. Das Schnarchen wird lauter.

Der Zug ruckelt ein paarmal. Schroffe Felsen vor Breitenstein.

Die zwei Teenager besprechen aktuelle Urlaubspläne ihrer Freunde.

Einige Kilometer verbringt Martin dösend im Halbschlaf. Von den Teenagern kommen Berichte über ihre Arbeitsbedingungen, der Fahrgast in der Horizontalen wechselt von der Kreissäge plötzlich zur Laubsäge.

Der distinguierte Schaffner fragt höflich:

„Je-mand zu-ge-stie-genn?",

wobei er mit sicherem Blick alle Fahrgäste mustert.

Reichenau, Payerbach. Auf einer Almwiese weiden Kühe. Mit 70 km/h geht es durch das Höllental.

Unbeeindruckt davon bearbeitet der Schlafende nun sein Werkstück mit viel Feingefühl. Vor seinem geistigen Auge sieht Martin deutlich, wie hier gerade ein Kunstwerk aus Holz entsteht. Nach dem groben Zuschnitt wurden zuerst Einzelteile fein herausgesägt, anschließend mit einer guten Feile nachgearbeitet und mit 180er Körnung nachgeschliffen.

Schlöglmühl, weiter mit 70 km/h.

Von den Vordersitzen hört man die jungen Damen, die über eine Freundin reden:

„Ihr Freund sagt nicht, dass er sie liebt, weil er weiß nicht, was Liebe ist! Ich will mich ja nicht einmischen, aber der Bernhard ist nicht treu. Ich habe ihn schon ein paar Mal mit anderen Mädchen gesehen!"

Der Zug erreicht Gloggnitz.

„Aber sie liebt ihn. Sie hat immer solche Freunde. Georg, der Einzige, der sie wirklich gerngehabt hatte, der war ihr zu langweilig!"

120 km/h. Die Zweite berichtet, sie war in London und wie schiach der neue Euro sei.

Wimpassing im Schwarzatal. Auf einem zweiten Gleispaar schießt ein roter Gegenzug vorbei.

Ternitz. Die Erste erzählt:

„Sie war in einem Loch drinnen und konnte nicht mehr heraus. Schaute den ganzen Tag nur Fernsehen, anstatt die Univorlesungen zu besuchen."

Mit 135 km/h vorbei an Kiefernwäldern. Jetzt sogar 145 km/h!

Durchsage:

„Wir erreichen in 20 Minuten Wiener Neustadt und verabschieden uns von den Passagieren, die dort aussteigen. Danke, dass sie mit den ÖBB gefahren sind."

Vorbei an Schottergruben, dann der Bahnhof. Hier gibt es fünf Minuten Aufenthalt.

Der dunkelhäutige Künstler verlässt den Zug. Martin sieht unwillkürlich auf, sein Blick forscht nach dem im Schlaf geformten Meisterwerk. Der Mann eilt aber nur mit einer kleinen Reisetasche vorbei.

Die beiden Damen unterhalten sich weiter ohne Pause. Die eine sagt:

„Ich kann kein Mittagsschläfchen halten. Am Nachmittag um fünf Uhr bin ich dann so müde, aber in der Nacht mache ich kein Auge zu!"

Zugdurchsage:

„Ladies and Gentlemen, our last stop in Wien Meidling!"

Die beiden Twens tauschen sich inzwischen über ihre Essgewohnheiten aus. Die eine behauptet, beim Geschmack gäbe es nicht viel Unterschied zwischen Biohühnern und normalen Hühnern. Sie kauft diese „S-Budget" Sachen. Natürlich sind die nicht so wertvoll, aber das liebe Geld! Die andere sagt, sie bevorzuge „Ja, natürlich!" Die eine wieder:

„Heute hat´s beim Spar keine Jonagold gegeben!"

Die andere:

„Auf der Internetseite von Konsument ist zwar vieles drin, aber ohne Anmeldung kann man nur den ersten Teil über die geprüften Dinge lesen. Die Anmeldung ist aber schon teuer!"

Die Zweite:

„Ich habe einmal einen billigen Deostick gekauft, der war voll trocken!"

120 km/h, nochmal beschleunigen, langsamer werden und halten. Wien Meidling.

„We wish you a pleasant journey!"

Manchmal ärgert sich Martin über seinen gerade heftig pubertierenden Sohn. Er verliert kein Wort über die Schule, man hat auch keine Ahnung, was er so treibt, wenn er nicht gerade wieder als Gamer vor seinem Computer beschäftigt ist.

Martin blickt versonnen den beiden Mädchen nach, wie sie dem Bahnhofscafé zueilen und zieht mit einem Ruck den Bügel seines Koffers hoch. Die kleinen Rädchen klappern über die Bodenfugen.

Er nimmt sich vor: Sobald ich nach Hause komme, kriegt er von mir einen Zwanziger. Einfach so!

EINSCHUB DREI

Der gemeine Birkengreither. Näheres über die Birkengreither Psychologie und Lebensweise.

Der gemeine Birkengreither/die gemeine Birkengreitherin, ist ein Mensch wie du und ich. Also mehr wie du. Denn – Sie verstehen? – mein doch einiges über dem Durchschnitt liegender IQ lässt einen direkten Vergleich wohl nicht so einfach zu. Und Sie wissen bestimmt auch, dass durch einen einzelnen überdimensionalen Wert das rechnerische Gesamtergebnis zu stark beeinflusst sein könnte! Aber kehren wir wieder zum Ausgangspunkt zurück.

Nichts lassen die Bewohner über ihre Familien kommen. Die Ehre ist ein markanter Grundstein der Gesellschaft. Natürlich kommt es hin und wieder auch zu Zwistigkeiten in den Reihen der Angehörigen, kleine Hänseleien, Messerstechereien und so weiter. Doch es bleibt alles in der Familie. Sich untereinander die Birnen einzudeppern, gehört irgendwie dazu, doch Einmischung von außen ist ein absolutes No Go und geht gewöhnlich sehr ins Auge. Dann nämlich werden aus den familiären Banden regelrechte Stahlketten, werden die gut geölten und gepflegten Springmesser und Pistolen gezückt und großzügig benutzt.

Es ist wie nach einem reinigenden Gewitter. Die dabei stattfindende natürliche Auslese wird ausgeglichen durch die lobenswert hohe Geburtenrate in jedem Jahr.

Es ist ja auch kein Wunder: Schöne Mädchen, feurige kräftige Burschen, da kommt der Lauf des Lebens einfach wunderbar in Fahrt! So traurig man über die dahingeschiedenen Familienmitglieder ist, so willkommen geheißen wird das blühende neue Leben in den prachtvollen Häusern. Nicht verwunderlich ist dabei, dass die Bestattungsunternehmungen zu den florierendsten Wirtschaftszweigen gehören.

Die Väter in Birkengreith gehören zur immer seltener werdenden Spezies der Autoritäten. Was sie sagen, wird ohne Kommentar befolgt. Dies ist eine Folge der einfühlsamen zarten Erziehung, die sie ihren Kindern angedeihen lassen, besonders ihren Buben. Von klein an lernen die Jungen, zwei Tage ohne Speis und Trank zu überleben, wenn sie etwas Unerlaubtes getan haben, ebenso durchtrainiert sind ihre Knie vom langen Scheitelhocken.

Und das alles, weil ihre Väter sie in grenzenloser Zuneigung für das Leben da draußen bestmöglich vorbereiten möchten. Nachdem die Buben im Zuge dieser pädagogisch wertvollen Erziehungsmethoden den tieferen Sinn all dieser Maßnahmen einmal erfasst haben, nehmen sie es nicht mehr als Problem auf, sondern fühlen vielmehr grenzenlose Bewunderung und Dankbarkeit darüber, ihre Väter nach dem ausgiebigen Genuss von alkoholischen Getränken in den Kneipen der Umgebung mit der Scheibtruhe nach Hause bringen zu dürfen.

Wenn der verehrte Erzeuger, nach einigen zärtlichen Backpfeifen für den Buben während des Hineinschleifens, friedlich in seinem Campingbett den Rausch ausschlafen kann, denkt sich der Nachwuchs: Lieber Gott, ich hoffe, dass ich auch einmal so ein guter Vater werde!

Die Zuneigung der Birkengreither zu ihren Müttern ist nachgerade legendär. Nichts ist ihnen wichtiger als die Sorge, dass es diesen gut gehen möge.

Eventuell würde ein Außenstehender etwas verwirrt sein, wenn er diese Aussage hört und gleichzeitig zusieht, wie die Mütter schwere Feldarbeiten erledigen, die Autos der Kinder waschen und den Enkerln ihre Geldbörsen hinhalten, damit die sich Zigaretten und Bier kaufen können?

Merke: Die Sorge um die Mütter ist das eine, das bequeme Liegen im Campingbett das andere. Die Birkengreither zeigen es vielleicht nicht so offen, es gibt aber kein Volk auf der Erde, das seine Mütter mehr liebt als die Birkengreither Männer!

DAS BUCH ÜBER DIE MUTTER

Es ist schon lange her, seitdem ich dieses Lied im Radio gehört habe:

„Wenn du noch eine Mutter hast, dann danke Gott dafür!"

Jeden Sonntag wurde es, als ich noch ein Kind war, im Wunschprogramm des Radios gespielt.

Jetzt könnte man schon zum nächsten Programmpunkt weitergehen, denn dieser eine Satz sagt eigentlich alles Wesentliche zu dem heutigen Thema aus.

Aber doch nur fast alles Wesentliche. Denn genau genommen kann man das, was eine Mutter ist, auf keinen Fall kurz abhandeln!

Meine Erinnerungen sind zwar etwas vergilbt, aber in einer Szene sehe ich meiner Mutter vom Tisch aus zu. Vor mir liegt das aufgeschlagene Buch Winnetou 1 von Karl May. Die Mutter steht am eingebauten eisernen Herd und hantiert mit den Kochtöpfen. Sie war alles andere als perfekt, das Geld war bei uns immer sehr knapp, aber irgendwie schaffte sie es jeden Tag, die später siebenköpfige Familie satt zu bringen und uns allen das Gefühl von Geborgenheit zu geben. Etwas, das mein ganzes Leben geprägt hat.

Die Vorstellungen über das Bild einer Mutter ändern sich wie alles im Leben, das Bild der Mutter ist heute ein sehr differenziertes geworden.

War es noch vor einigen Jahrzehnten üblich, dass Ehepaare drei, fünf und auch mehr Kinder hatten, so ist das inzwischen die Ausnahme. Man heiratet entweder gar nicht oder recht spät, das heißt, die Partner haben oft ein fortgeschrittenes Alter. Im Schnitt gebären die Österreicherinnen nunmehr etwa ein Kind pro Familie.

Früher bekam man einfach Kinder. War die Frau dabei nicht verheiratet, galt dies oftmals als Schande. Kam aber andererseits trotz Verheiratung kein Kind, musste man also ohne Thronfolger auskommen, war dies der Umgebung ebenfalls nicht recht. Viele Theaterstücke oder Kinofilme befassten sich schon mit diesen an Dramatik reichen Inhaltsstoffen.

Bei der Entwicklung des Kindes hat die Mutter gewöhnlich eine zentrale Rolle über. Sie stillt es, opfert ihren Schlaf, wenn das Baby etwas drückt.

Die Mutter begleitet das Kleinkind erst in den Kindergarten, dann in die Schule und plagt sich gemeinsam mit dem Kind bei dessen Schulaufgaben.

Meistens muss sie sich bei der Elternsprechstunde die Kritikpunkte über den größer werdenden Sprössling anhören. Die Mutter probiert es immer wieder, dem Kind wenigstens ein bisschen Gesundes, wie Obst und Gemüse nahezubringen. Und die Mutter pilgert mit dem Kind in die Ordination wegen der Zahnspange und schärft ihm wie bei einem Tantra das Zähneputzen ein.

Wie ist es aber der Mutter zumute, wenn sich herausstellt, dass das Kind irgendwie anders ist: verhaltensoriginell oder gar behindert?

Ich denke an einige Frauen in unserem Bekanntenkreis, die sich in ihren Familien auf bewundernswerte Art um ihre kranken oder benachteiligten Kinder annehmen, ihnen mit unglaublich viel Liebe beistehen und ihnen so ein Leben in Würde ermöglichen.

Oder: Wie geht man damit um, wenn es erkennbar wird, dass das Kind dem eigenen Geschlecht zugewandt ist? Das sollte zwar heutzutage kein echtes Problem mehr sein. Aber die Aussicht, nicht wie bei den meisten Familien der Bekannten, entweder gar nicht oder nicht auf herkömmlichem Wege Großmutter sein zu können, ist doch gewöhnungsbedürftig.

Jene Paare kommen mir in den Sinn, bei denen die Laune der Natur eine herkömmliche Schwangerschaft verhindert hat. Hier möchte ich meinen Respekt darüber ausdrücken, wenn es der modernen Medizin gelingt, den Frauen, die irrsinnig viel dafür auf sich nehmen, dazu verhilft, einem sehnlichst gewünschten kleinen Menschenkind das Licht unserer schönen Welt erblicken zu lassen.

Aber welche Gedanken hat eine schwangere Frau, die das Kind, das in ihr reift, nicht haben will? Hat sie alles durchgedacht, weiß sie von der Einrichtung der Babyklappe, hat sie an eine Adoptions-Freigabe gedacht? Mit vorschnellen Verurteilungen sollte man vorsichtig sein, da man die Hintergründe meist nicht kennt – aber seien wir hellhörig für diese Problematik!

Hermann Gmeiner gründete in den neunzehnfünfziger Jahren die SOS Kinderdörfer, die es heute in allen Teilen der Welt gibt. Er hatte die Vision, auch für unversorgte Kinder, egal durch welche Umstände bedingt, mit einer Kinderdorfmutter eine Geborgenheit in einer familienähnlichen Gemeinschaft zu schaffen, die sie auf andere Art nie erfahren hätten können.

Als Vater von drei Kindern bin ich auch immer wieder gefordert gewesen und habe versucht, meinen Teil zu erfüllen. Aber schon manches Mal, wenn ich bei meinen Kindern mit dem Latein mutlos resignierend am Ende war, hat doch die Frau als besorgte Mutter – auch wenn ich nicht weiß wie – die Situation gerettet!

Nicht von ungefähr befinden sich in den Kirchen viele brennende Kerzen vor der Statue der Gottesmutter. Aus verschiedensten Gründen steht man voll Hoffnung und Vertrauen da, trägt ihr sein eigenes Anliegen vor, den Kummer, die Ängste, aber ebenso möchten sich die Menschen für die Freudenmomente des Lebens in stillem Gebet bedanken.

Auch mich zieht es oftmals an diese Stelle. Beim Betrachten der Kerzenflammen geht mein innerer Blick dann zurück in die Kinderzeit.

Wir hatten materiell gesehen nicht viel, wir verstanden auch nicht alle Probleme der Eltern, aber wir waren eine Familie und es entstand der ganz selbstverständliche Wunsch nach einer eigenen. Die Trauer über den Verlust der eigenen Mutter wird indes getröstet durch den Glauben daran, eine himmlische Gerechtigkeit werde ihre irdischen Wunden zärtlich pflegen und all die mütterliche Güte tausendfach vergelten.

Ohne Mutter geht es einfach nicht.

Wollte man in einem Buch alles aufschreiben, was eine Mutter ausmacht, die Blätter eines einzelnen Buches würden bei weitem nicht ausreichen dafür.

Die ausgedruckten Manuskriptseiten über die Mutter würden auch nicht in einen Koffer passen. Der nötige Papierstapel wäre zu groß für einen Schrank und sogar der Lagerraum für die Hackschnitzelheizung könnte ihn nicht fassen:

den Papierbedarf ...

für das Buch ...

über die Mutter.

DAHEIM BEIM PEPI-OPA

Die fünfjährige Therese-Jennifer kommt herein und fragt ihren Opa, der auf dem Sofa den Sportteil der Zeitung liest:

„Geh, Pepi-Opa, ich habe diesen Videofilm ausgeborgt, kannst du ihn mir bitte kopieren? Du hast ja dieses Programm auf dem Computer, mit dem du den Kopierschutz knacken kannst! Alle im Kindergarten haben den Film schon gesehen, nur ich als einzige noch nicht!"

„Na, Therese-Jennifer, zeig mal her, was du da hast. Ha! Das Killerschnitzel? Darfst du denn so etwas schon anschauen?"

„Aber ja Opa, der Film ist voll geil! Du musst ihn dir auch unbedingt reinziehen! Dreiundzwanzig Leichen gibt es insgesamt, vier Tata, nein Ata, ah ja! Avatare zerlegt es bei einer Explosion, sechs Typen fallen vom Hochhaus, weil sie sonst ein Hubschrauber mit den Rotorblättern zersägt hätte und ..."

Der Pepi-Opa fällt ihr ins Wort.

„Halt, halt! Das möchte ich nicht mehr hören! Hast du noch nie etwas von Peter und der Wolf gehört, Aschenbrödel, Gullivers Reisen oder von mir aus Barbie und Ken? He, wo läufst du denn hin?"

„Omi, Omi! Der Pepi-Opa will mir nicht das Video kopieren!"

Dabei heult sie herzzerreißend.

„Aber geh, Opa, jetzt sei nicht so ein Spielverderber, mach doch, was Therese-Jennifer sich wünscht, oder willst du, dass sie unglücklich ist? Wahrscheinlich willst du schon wieder den männlichen Macho heraushängen lassen? Schau nur, wie sie weint! Ihr Männer seid doch alle gleich, in der letzten „Berta" haben sie genau über so was geschrieben! Ihr wollt uns Frauen immer euren Willen aufzwingen!"

Aus dem Hintergrund meldet sich die Stimme von Pepi-Opas Schwiegermutter:

„Siehst du Traude, ich hab dir immer gesagt, du sollst nicht so früh heiraten! Aber hört jemand auf mich? Nein, nein, nein! Was weiß denn die Alte schon! Die ganze Welt wäre dir offen gestanden, du, mit deiner Schulbildung! Aber nein, du musstest ja deinen Kopf durchsetzen und diesen Proleten heiraten!"

Im allgemeinen Stimmengewirr raunzt Pepi-Opa vor sich hin:

„Ich möchte nur dezent darauf hinweisen, dass das da hier mein Haus ist und ich weiß es noch wie wenn es gestern gewesen wäre, wie du immer gesagt hast, du „würdest einen Besen fressen" wenn ich das Haus jemals fertig stellen würde! Bitte, das Haus ist fertig, Besen hast du noch keinen gefressen!"

Die Schwiegermutter richtet sich in einer heftigen Bewegung in seine Richtung:

„Ach so ist das! Der saubere Herr Schwiegersohn will mich aus dem Haus schmeißen! Nach allem, was ich für euch getan habe!"

Traude meldet sich zu Wort:

„Geh Mutti, so war es doch nicht gemeint!"

Aber der Ton der Schwiegermutter wird weinerlich hysterisch:

„Mein Geld könnt ihr schon gebrauchen! Gut, Undank bin ich hier bei dieser Bagage ja gewohnt, eine saubere Familienbande seid ihr, da kannst du dir was einbilden! Das lass ich jedenfalls nicht auf mir sitzen, ich verschwinde! Wirst sehen, ich finde mir was Besseres! Hier habe ich sowieso nur rackern und schuften dürfen ohne Dank! Und wenn man einmal seinen Mund aufmacht und seine Meinung sagt, ist man gleich die Böse! Die Alte soll die Klappe halten, die hat hier nichts zu sagen! Es ist halt immer das Gleiche! Kein Dank, kein Lob, nur Streit und Geschimpfe, aber einmal ist damit Schluss und jetzt reicht es mir endgültig! Ich kann mich ja gleich umbringen, dann seid ihr mich los! Meine Pension kriegt ihr aber auch nicht mehr! Ich schau mir dann an, wie ihr alleine zurechtkommt! "

Die letzten Worte werden vom Schlagen mehrerer Türen übertönt. Auch der Pepi-Opa geht zornig ins Freie und beruhigt sein Gemüt, indem er seine Hacke nimmt und auf die vorbereiteten Brennholzscheite drischt.

Eine weitere Türe, die zum ausgebauten Keller führt, wird geräuschvoll aufgestoßen. Mit einer Schimpfkanonade poltert Onkel Fritz herein.

Heftig macht er seinem Unmut Luft und schreit seinen Mitbewohnern nach:

„Hallo! Ihr müsst´s jemand von der Post anrufen! Die DV Dings Box ist durch euer Streiten und eure Türenschlagerei vom Fernseher runter gefallen!"

Traurig schaut er den Fliehenden nach, alleine gelassen murmelt er weinerlich vor sich hin:

„Grad wollt ich mir *Klingendes Österreich* anschauen! Der Sepp Horcher kommt ums Eck, nimmt sein Huat ob, sogt `Griaß Gott beinand´ und wül weiterredn –

und aus war´s! Wer stellt mir jetzt des Gerät wieder ein?"

Die eben eintretende Traude hebt beschwörend ihre Hände und hat ihre hochdeutsche Sprache vergessen:

„Nur net die Post anrufen, die brauch ma net im Haus, mir san ja immer noch über die verstorbene Reinbacher–Urli angemeldet, die von der Gebühr befreit war!"

DIE ITALIENISCHE FAMIGLIA

Wieder einmal gab es Ärger im Viertel:

Franky Fratello, genannt die Ratte, sah mürrisch auf den Wisch, den Lupo Leporello, genannt der Senkel, vom Boden aufgelesen hatte und seinem Boss vorsichtig auf den Tisch gelegt hatte.

„Oh mamma mia, wie soll das denn weitergehen, wenn die eigenen Leute solche Dummheiten machen! Die einfachsten Aufträge schaffen sie nicht, ohne große Aufmerksamkeit zu erregen!"

Franky war richtig böse und beachtete den Zettel vorerst gar nicht. Ein anderes Problem war vorher aufgetaucht. Die Witwe von Aldo Maccione – früher genannt der Heisere – verlangte von der Famiglia Schadenersatz. Dass ihr Mann ins Jenseits geschickt wurde? Berufsrisiko! Aber wer übernimmt jetzt bitte die Raten für den kleinen feuerroten Alfa Spider, die Gehälter für das Hauspersonal und für die Zahnspange der dreizehnjährigen Tochter?

Franky machte ein paar Gesichtsverrenkungen während er nachdachte. Er war auf seinen Ruf bedacht, deshalb sagte er nach kurzem Zögern und sah Lupo gerade in die Augen: „Senkel, du wirst die trauernde Witwe ehelichen!"

„Was? Wieso immer ich! Hast du, eh, vergessen, ich bin schon verheiratet!"

„Nichts zu machen, du lässt dich scheiden! Deine Alte geht zu Tony Moretti – der kriegt das hin! Du bekommst die Raten natürlich von uns ersetzt, bei Tony würde es Aufsehen geben. Das bleibt dann natürlich nur solange, bis Gras über die Sache gewachsen ist. Und denk dran: 95 - 65 - 95! Na? Hä? Schlecht? Oder sind dir etwa ein paar Betonsocken lieber?"

Lupo gab sich geschlagen. Er wusste, mit seinem Boss war in diesen Angelegenheiten nicht gut Kirschen essen und jede weitere Diskussion überflüssig.

Franky beendete die Unterhaltung mit den Worten: „Mein lieber Lupo, in diesen Zeiten müssen wir alle Opfer bringen. Im Übrigen hast du unsere ganze Unterstützung! Deiner Frau kannst du sagen: wir sind untröstlich! Als Entschädigung fürs Erste bekommt sie die Gucci- Goldencard und gleich einmal ein verlängertes Wochenende in der Therme Nova, inklusive Privatmasseur! Diese ungute Sache ist eine große Belastung für jemand in meinem Alter, dazu immer diese Leute von der Steuer! Ich brauche endlich einmal Ruhe!

Vanessa, Liebes, mach mir bitte einen Termin beim Therapeuten! Senkel, ich verlass mich auf dich! Du kannst dich jetzt zurückziehen, arrivederci!"

Lupo entfernte sich respektvoll. So schlimm, wie er es befürchtet hatte, war es nun auch nicht gekommen. Die Nummernkombination hatte er jedenfalls abgegeben. Nur wozu immer diese Nebenwirkungen – konnte dieser Dummkopf aber auch nicht fünf Minuten später auftauchen? Alles wäre unauffällig gelaufen. Selber schuld, dachte er, wieso kam Aldo aber auch gerade in diesem Moment daher! Ich muss auch sehen, wie ich weiterkomme. Er oder ich, so einfach war das!

Aber wenn er an dessen Frau dachte! Eine Zucker-schnalle!

Mit seiner eigenen gab es seit einiger Zeit nur mehr Streit! Nichts konnte er ihr momentan recht machen, an allem hatte sie was auszusetzen! Seine Bügelfalten sei-en immer ganz verbeult, er stinke nach Zigaretten und Alkohol, im Haushalt helfe er kein bisschen, alles lasse er herumliegen! Sie wirft ihm weiters vor, dass er mor-gens kaum aus dem Bett zu bekommen ist, dabei weiß sie ohnehin, dass er erst so spät in der Nacht von der Arbeit nach Hause kommt.

Jeden Tag schon die ständige Nörgelei! Die Tochter müsse sie immer selbst in die Schule fahren, sie – ob-wohl er genau weiß, dass der Nagellack trocknen müs-se! Oder wolle er, dass das Lenkrad und alles ver-kleckst sei? Und erst sein Schnarchen! Er solle ins Schlaflabor zu Dottore Heubauer nach Graz, sie halte das nicht länger aus! Wenn er nichts dagegen unter-nähme, ziehe sie aus! Und so weiter und so weiter!

So gesehen gefiel ihm die Aussicht, Signora Veronica zu ehelichen, immer besser. Dies versprach ihm etwas Abwechslung im ewig gleichen Berufsalltag.

Ganz so einfach war es dann doch nicht, die schöne Witwe auf Linie zu bringen. Erst als diese aber konsta-tierte, dass ihre Lieblings-Fingernageldesignerin auch bei der dritten telefonischen Terminanfrage „...leider nicht in der Stadt sei! ...", wurde auch ihr klar, dass mit Franky Fratello nicht zu spaßen war. So fügte sie sich in ihr vorläufiges Schicksal und nach einer Zeit ehrlicher Trauer begann sie, der neuen Situation die positiven Seiten abzugewinnen.

Senkel war richtig scharf nach ihr und umwarb sie wie ein junger Hirschbock zur Brunftzeit. Er besuchte mit ihr teure Restaurants und kaufte ihr noch mehr schöne und teure Kleidung. Wenn es seine Dienstzeit erlaubte, ließen sie es sich bei einem Thermenwochenende gut gehen, oder beispielsweise schnell mal auf einen Trip nach Kärnten an den reservierten Teil des Weißensees!

Ab und zu hörte er etwas von seiner „Exfrau". Ihr Leben hatte sich sehr verändert, denn Tony hatte andere Seiten aufgezogen. Sie brachte ihm angeblich sogar das Frühstück ans Bett und bügelte seine Hosen und Hemden. Auch Tochter Marcella hatte sich daran gewöhnt, im unauffälligen Fiat der „Famiglia" in die Schule gebracht zu werden, ihre Noten waren verbessert und das Lümmeln bei Tisch hatte sie sich abgewöhnt. Es sah alles nach einer Win-Win-Situation aus, denn alle Beteiligten waren zufrieden!

Jäh waren die ruhigen Tage zu Ende gegangen.

Im CD-Player leuchtete die Zahl zehn. Kanon in D-Dur von Johann Pachelbel. Neben der Zahl blinkte ein roter Punkt, der anzeigte, dass das Stück wiederholt werden sollte. Für Lupo war es die ideale Musik, um vollkommen abzuschalten und sich für die zu erwartenden Aufträge sozusagen in Trance zu versetzen.

Mit gemischten Gefühlen betrachtete Lupo die Anzeige auf seinem Wertkartenmobiltelefon.

Einerseits mit Ärger, da es vermutlich Arbeit bedeuten würde, denn nur eine Person außer Veronica kannte diese Nummer - sein Boss Franky Fratello! Gemildert wurde das mulmige Gefühl andererseits durch die Tatsache, dass dieses, mit Svarowsky-Steinen verzierte Gerät, ein Geschenk von Veronica war. Die Erinnerung an die letzten Tage und vor allem Nächte mit ihr ließ ihn für kurze Zeit den gefährlichen Auftrag vergessen machen.

Lupo war an sich ein loyaler, präziser und gründlicher Diener seines Herrn. Er war härteste Einsätze gewohnt, er kannte keine Angst. Er war ein Meister im Boxring und auf der Schussbahn, kletterte wie eine Gämse, kombinierte wie eine Highspeed-Internetverbindung, fuhr Auto wie einst Clay Regazzoni, Jochen Rindt oder Michael Schumacher – aber was er hier zu lesen bekam, bereitete ihm weiche Knie und verlangte nach einem mindestens dreifachen Cinzano. Und ausgerechnet eine Frau!

Mit einem Seufzer las er am Display:
„Auftrag! Froggi, Marina. Piacco Valtano. Mittwoch, sechzehnter April, neun Uhr dreißig!
Kontrolle bei Zahnärztin!"

ARMER REICHER MANN

Jetzt musstest du also doch zurücktreten! So sehr hast du dich an diesen Ausreden-Strohhalm geklammert! Alles wäre doch rechtens gewesen, die Transaktionen nach den Buchstaben des Gesetzes abgelaufen.

Auf ein paar Kleinigkeiten hast du halt vergessen, aber einer alleine kann nicht alles wissen, sagtest du. Eine Wohnung in Hongkong? Entschuldige, du hast sicher Verwandte dort? Nein? Es wäre wegen der, ähem, Steuer.

Bist du heiser, warum flüsterst du auf einmal? Ach so, es muss ja nicht jeder hören, von wegen Datenschutz und so. Und diejenigen, die von der Neidgenossenschaft, die einem überhaupt nichts vergönnen wollen, die haben ja nur einen Komplex, weil sie selbst nicht so tüchtig sind. Denn wenn einer so tüchtig ist wie du, dann ist das hiesige Steuersystem einfach ungerecht. Die Hälfte aller Einnahmen wollen die! Das ist einfach unerhört, da bleibt ja praktisch nichts mehr übrig vom großen Geldsegen!

Natürlich hast du noch nie die Hälfte an deinen Einnahmen als Steuer wirklich bezahlen müssen, denn da gibt es Abschreibungen, versteckte Beteiligungen und so weiter!

Auf die Idee, das überschüssige Geld statt an das Finanzamt, für die Finanzierung eines der vielen Hilfsprojekte für die sogenannten kleinen Leute abzugeben – angefangen beim Tierschutz, Betreuung alleinerziehender Frauen und Männer, Caritas, Volkshilfe, Starthilfe für kleine Unternehmen, SOS Kinderdorf … da ist wirklich nichts dabei, was dich zum Mitleiden bringt, wo es dir doch so gut geht?

Gut, es ist dein Geld. Du kannst damit machen, was du willst. Na ja, nicht alles, es gibt da etwas, das heißt Gesetz. Aber natürlich gibt es zu jedem Gesetz auch die passenden Gesetzeslücken und es ist nicht verboten, sie zu nützen. Auf den Versuch wolltest du es jedenfalls ankommen lassen, diese Lücken etwas weiter aufzudehnen.

Nur ärgerlich, dass es da immer Menschen gibt, die überall herumschnüffeln müssen.

Früher hast du diese Weicheier ausgelacht, diese Idioten! Denen gefällt der Sonnenuntergang und solches Zeug. Du hast begonnen, Polo zu spielen, dir einen Zigarrenraum eingerichtet und eine repräsentative Autosammlung zugelegt. Autos, die alle Stückeln spielen, mit 600 PS, Leder hier, Leder dort, die aber äußerlich nur für Kenner gleich als toll erkennbar sind. Du weißt schon, Siebener BMW, Mercedes G und so weiter. Du und deinesgleichen, ihr steht beim Nobelwinzer beisammen und ihr redet locker und beiläufig über eure Anschaffungen, die für eine Durchschnittsfamilie das Einkommen von zehn Jahren bedeuten würde.

Wer hat, der hat eben. Aber wer hat bloß diese Wohnungsgeschichte verraten? Beinahe wäre die Verheimlichung gelungen. Und wie du an deinem Sessel festgehalten hast. Geschimpft, gedroht, sogar geweint hast du, nur um nicht zurücktreten zu müssen!

Da gab es ja diesen früheren Jungpolitiker. Thesen gegen Privilegien hatte er damals pressewirksam den eigenen Leuten unter die Nase gehalten. Dass für ihn nun ein eigener neuer Posten geschaffen wurde, damit er nach dem Ausscheiden als Clubobmann nicht plötzlich weniger im Portemonnaie vorfinden soll, ist anscheinend ganz normal, oder? Und überhaupt der Dings da, dieser Lobbyist in Brüssel, also der frühere Lobbyist, wieso glaubt man ihm nicht, dass er als verdeckter Ermittler nur dem Schein halber auf die Angebote der beiden angeblichen Kunden eingegangen sei?

Ja, so läuft das halt in der großen Politik. Wie er auf die herunterschaut, auf diese Wichtigtuer, was verstehen denn die. Die sind ja nur neidisch, weil sie nicht an die Tröge kommen konnten. Du jedenfalls weißt hundertprozentig, dass du jeden Cent, den du bekamst, auch wert bist. Sonst hättest du das Geld doch nicht bekommen, ist ja klar? Mein Gott! Das viele Geld! Jeder einzelne Dollar, Euro, Rubel, Yen, Pfund oder Drachme ist dir ans Herz gewachsen, das waren deine Babys! Es war so schön, das Rascheln der Aktien, sich die Fünfhunderter über den Kopf zu werfen, sich darauf zu legen – einmal hast du sogar eine Zigarre mit einem Hunderter angezündet. Ein bisschen tat es dir schon leid, aber einmal war es den Spaß wert!

Du galtest als eine wahre und seltene Koryphäe auf deinem Gebiet, warst dir deines Wertes vollkommen bewusst. Das Selbstbewusstsein des Machers, der Ziele anpeilt und sie beinhart durchzieht! Wie hast du das geliebt und ausgekostet!

Wie wäre es denn, du weißt, diese seltsamen Sexual-Praktiken – Zauberwort: Oral! Wäre das nicht geil? Ich würde dir auch gerne helfen, das Geld in deinen Schlund zu stopfen, hinein damit! Hinein!

Und wenn du dich dann an dem gewissen Punkt be-
findest und keine Luft mehr bekommst und nichts
mehr runterwürgen kannst – aber ein bisschen was
geht ja immer noch – und du schließlich wirklich keine
Luft mehr bekommst ... ich würde nicht sehr traurig
sein.

EINSCHUB VIER

Na, vielleicht war Ihnen dieser Exkurs etwas zu deftig? Aber Sie wissen ja, heute spielt sich der Krieg auf den Finanzplätzen ab! Krieg, das bedeutet Verdrängen, Kampf bis auf Äußerste, gegenseitige Spionage, Abwerben von Spitzenkräften, den eigenen Status zementieren. Man möchte beim nächsten Ranking der Superreichen wenigstens einen Platz auf die Spitze hin gutmachen!

Da kann man nicht auf irgendwelche Schwächlinge Rücksicht nehmen. Wie sagt man: Wo gehobelt wird, da fallen Späne. Du darfst dich halt nur nicht erwischen lassen!

Doch selbst der abgebrühteste Wallstreet-Broker zeigt manchmal Gefühle. Dann, wenn er persönlich betroffen ist. Dann kann es schon mal vorkommen, dass sich in einer harten Persönlichkeit ein weicher Zug durchsetzen kann.

Für Verliebte sind die Regeln sowieso außer Kraft gesetzt. Man kann gnadenlos seine romantische Ader zeigen – sie ist rosarot, hat bunte Blümchen und ist bemalt mit cremefarbenen Einhörnern.

WER LIEBT HAT RECHT

„Liebe Birkengreither Kirchengemeinde, hochwürdigster Herr Pfarrer!

Ich fand die von ihnen gestellte Aufgabe faszinierend, Gedanken über den sogenannten Ehepaar-Sonntag, heute hier in unserer schönen Kirche zur Heiligsten Dreifaltigkeit formulieren zu dürfen. Es war eine Herausforderung, die ich gerne annahm und so darf ich ihnen heute die Ergebnisse meiner Überlegungen präsentieren.

Wenn sie jetzt in der schönen Maienzeit vor ihre Haustüre treten und den Blick in die Runde schweifen lassen, müssten sie schon sehr abgebrüht sein, um nicht ins Schwelgen zu geraten.

Ringsum verändert der Frühling die vorher trübgraue Umgebung in kräftiges Grün! Als früherer Baustoffverkäufer und jetziger Finanzberater neige ich ja nicht gerade stark zur Poesie, aber einen selbst erfundenen Spruch möchte ich ihnen nicht vorenthalten: Der Lenz zwingt grau raus und grünbunt rein! Gut, nicht wahr?

Also, sie stehen auf ihrer aus Fertigteilen vom Baumarkt gezimmerten Veranda und wie sie so schauen, werden sie von den Eindrücken fast überwältigt. Sie genießen das Summen und Zwitschern in der freien Natur. Sie ziehen die duftgeschwängerte Atemluft durch die Nüstern tief hinein in ihr Zwerchfell.

Doch halt! Zu spät und mit Bestürzung denken sie an ihre Pollenallergie!

Schon tränen ihre Augen, sie werden von einem ersten Niesreiz befallen. Schnell zurück in die gute Stube und da sind auch schon die rettenden homöopathischen Lutschtabletten!

Betrachten wir die Sache also von innen her durch die doppelten Glasscheiben und kommen wir nun auf das Thema zu sprechen: die Liebe!

Als langjährigem Film- und Fernsehzuschauer sowie aufmerksamen Leser der Klatschkolumnen entsteht in meinem Kopf spontan dieses Bild zweier junger Leute: Ein Mädchen und ein Jüngling als goldene Silhouette auf einer Bank sitzend, vor einem mit Efeu umrankten rosaroten Hintergrund in Herzform. Sie sieht verschämt zu Boden, er sieht sie etwas verlegen von der Seite her an. Irgendwo finden sich noch zwei verschlungene Ringe.

Für die einen ist diese Vorstellung der Inbegriff von Romantik, für immer alles besserwissende Nörgler ist es aber schlicht grauenvoller Kitsch. Doch wie sagt man, die Geschmäcker sind eben verschieden.

Aber ach – wie gerne erinnert man sich in passenden Momenten an das damalige Kennenlernen des späteren eigenen Partners, an den ersten längeren Augenkontakt – man rückt einander näher, kleine zarte Berührungen – später dann geheime Rendezvous!

Eines Tages kommt der mit Spannung erwartete Moment, in dem die Eltern eingeweiht werden sollen. Langsam gewöhnen die sich daran, dass ein zusätzlicher Stuhl am sonntäglichen Mittagstisch benötigt wird.

Einige Zeit später wird ein eigenes Heim sorgfältig gesucht und tatsächlich auch gefunden werden, die Tapeten und der Teppich mit dem süßen Kätzchen-Aufdruck für das Kinderzimmer warten im großen Bauernschrank bereits auf ihre Verwendung.

So vergeht die Zeit. In einem Lied hat Erika Pluhar einmal mehr gesprochen als gesungen: „Es war einmal und es war einmal schön." Aus der verklärten Sichtweise wird unbemerkt – vielleicht sogar lästige – Routine.

Ewige Treue? Bitte machen Sie sich doch nicht lächerlich! Was hält denn schon ewig? Sogar Marmor, Stein und Eisen bricht!

Ganz genau möchte ich es eigentlich nicht wissen, aber derzeit halten Eheversprechen laut veröffentlichten Statistiken, im Durchschnitt etwa sieben Jahre. Jedes Jahr lassen sich mehr Leute scheiden, sogar Achtzigjährige und immer weniger Ehen werden geschlossen.

Dafür hat sich eine neue Spezies Mensch herausgebildet: man spricht inzwischen von LAP, den Lebens-Abschnitts-Partnern.

Etwas an dem nicht gerade feinen Witz stimmt wahrscheinlich, nämlich, dass interessanterweise ausgerechnet zwei Bevölkerungsgruppen den Stand der Ehe hochhalten würden, Gruppen die nicht so ohne weiteres heiraten dürfen: gewisse Ordensleute oder gleichgeschlechtliche Menschen.

Eine daraus abgeleitete, logische Überlegung drängt sich hier auf: könnte man eine gegensätzliche Tendenz zur Scheidung erreichen, würde man für das Heiraten hohe Hürden einbauen? Zum Beispiel eine gesalzene Heiratssteuer vorschreiben, ein Heiratsverbot für Leute mit roten Haaren oder verpflichtende Eheseminare in teuren Wellness-Hotels? Es wäre ein interessanter Versuch zu beobachten, wie viele Paare dann auf einmal heiraten wollten! Bekanntlich möchte man gerade das am Liebsten besitzen, was man halt nicht haben kann, einen unkündbaren Job, lerneifrige Kinder, stubenreine Haustiere oder das große Auto des Nachbarn?

Wie Sie merken, mag ich es manchmal etwas deftig, aber! verstehen Sie mich bitte nicht zu schnell!

Was bis jetzt gesagt wurde – lassen wir das mal so stehen. Legen wir alles beiseite, Schuldzuweisungen, Begründungen, Sachzwänge, Verpflichtungen, schauen wir nicht immer auf das Verletzende, das Trennende, sondern suchen wir das Notwendige!

Denn irgendetwas geht hier ganz einfach ab! Es ist das, was bei zerbrochenen Beziehungen verloren ging, vielleicht auch nie von beiden Seiten gleichermaßen vorhanden war – es ist die Liebe!

Schon der Paulusbrief beschreibt die Liebe in blumigster Weise:

„Wenn ich mit Menschen- und Engelszungen redete, hätte aber die Liebe nicht, so wäre ich ein tönendes Erz oder eine klingende Schelle, am höchsten aber steht die Liebe. Trachtet nach der Liebe!"

Wenn wir wirklich tun, was uns die Liebe, dieses abgedroschene und doch so heftig ersehnte Wort befiehlt, dann muss es gut werden! Dann ist die Waage wieder austariert, stimmen die linke und die rechte Summe der Rechnung wieder überein!

Wer liebt, hat recht. Wer liebt, ist ein Kind Gottes.

Bitte unterstützen Sie mich dabei, in unsere Herzen Brennstäbe einzubauen, um mit ihnen die Kettenreaktion der Liebe in Gang zu bringen!

Ein geniales Gedicht des steirischen Künstlers Josef Lederer bringt es in unvergleichlicher Weise auf den Punkt:

Liebe kommt nicht
Liebe geht nicht
Liebe ist.

Nach diesen, meinen bescheidenen Betrachtungen danke ich herzlich für Ihre Aufmerksamkeit und darf nun ersuchen, sich wieder von ihrem Partner für den weiteren Ablauf etwas zu lösen!

Amen!"

Gemurmel aus dem Hintergrund: Vagödsgod ...

GÜNTHERS SCHREBERGARTEN-BLOG

In früheren Zeiten gab es in Birkengreith wie an vielen anderen Orten Lehmgruben, aus denen man Lehm zur Anfertigung der dringend benötigten Ziegelsteine gewann, die in den angeschlossenen Ziegelfabriken gebrannt wurden. Arbeiter waren mit ihren Familien von weit hergezogen, man brachte sie in der sogenannten Barackensiedlung unter. Weil der Fabriksbesitzer für seine Gewinne hohe Steuern hätte zahlen sollen, entschied er sich aus Abschreibungsgründen dafür, stattdessen Wohnungen für die Arbeiter zu bauen. Natürlich konnten sie dort nicht umsonst wohnen, aber es wurde den Leuten dort zusätzlich eine Schrebergartenanlage zur Benützung überlassen. Das kostete den Grundbesitzer nicht viel und bei Bedarf könnte alles in kurzer Zeit wieder eben planiert werden.

In der folgenden Episode erfahren Sie, wie es Günther, einem Nach-Nach-Nachfahren eines früheren Schrebergärtners mit seinem neuen Hobby ergangen ist:

Liebe Gartenfreundinnen und -freunde!

Seit kurzer Zeit bin ich stolzer Besitzer eines Anteils beim Schrebergarten-Verein „Grüner Daumen". Die Freude an den Pflanzen, den Blumen und dem Gemüse war schon immer meine heimliche Liebe und ich möchte diese endlich offen ausgetragene Leidenschaft mit diesem Blog, wie das so schön heißt, mit allen Gartenliebhaberinnen und -liebhabern teilen. Ich weiß, ich bin nur ein kleines Rädchen im großen Getriebe und stehe bei meinem neuen Hobby noch ganz am Anfang, doch sehen Sie mit mir gemeinsam den Tagen und Wochen des Wachsens und Gedeihens mit freudevoller Anspannung entgegen!

10. Juni

Soeben bekam ich von Herrn Gartler, den Obmann des Vereines, den Schlüssel zu meinem Revier ausgehändigt. Er hat mir in einem kurzen Vortrag erklärt, worauf ich aufpassen soll und welche Termine in nächster Zeit zu beachten sind. Er hat gemeint, dass es ihn freue, in mir einen tüchtigen Nachfolger für den Garten des verstorbenen Herrn Laube gefunden zu haben.

Nachdem er sich verabschiedet hatte, sah ich mein kleines grünes Paradies genauer an. Sogar jetzt noch war zu sehen, dass Herr Laube ein ordentlicher Pächter gewesen war. Nur da ein bisschen nachschneiden, dort etwas zupfen, der Anfang dürfte nicht schwer werden, bald hätte ich mich eingearbeitet und könnte die Früchte meiner Arbeit genießen. Neben einem kleinen Blumenbeet mit Bartnelken, Lavendel und Rosmarin entdeckte ich auch eine ordentlich gepflegte Reihe mit Himbeerstauden, die erst eine leichte Rötung an den Beeren zeigte.

11. Juni

Es ist ein tolles Gefühl, den Schlüssel zur Anlage im Türschloss zu drehen, auf den schmalen Gehwegerln durch die Anlage zum eigenen Garten zu kommen. Ich ziehe meine neuen, grünen Gummistiefel an und gehe zur Wasserleitung, drehe das Wasser leicht auf und gieße meine grünen Freunde. Seit Tagen hatte es keinen Regen gegeben. Ich stelle die hölzerne Klappliege auf und genieße die Nachmittagssonne bei einem kur-

zen Nickerchen. Mein erster Tag als stolzer Schreber-
gärtner!

12. Juni

Bin heute von meinem Besuch sehr spät wegge-
kommen, es war schon dunkel als ich bei meiner Ruhe-
zone angekommen war. Schnell noch ein bisschen gie-
ßen, die Finger vorsichtig an den Gewürzen reiben und
den Duft genießen. Bis morgen, liebe Freunde!

13. Juni

Heute beeilte ich mich, in mein Refugium zu kom-
men! Habe Freundschaft mit zwei weiteren Schrebe-
rern geschlossen. Wirklich nette Leute! Von Herrn
Eichler bekam ich Samen für einen Zierkürbis und Herr
Weidinger spendierte ein kühles Bier. Wir saßen eine
Weile gemütlich beisammen und ich bekam von diesen
Experten einiges an Insidertipps zugesteckt, was unter
Garantie in keinem Gartenratgeber zu lesen ist!

14. Juni

Von meinem Schrebergartennachbarn habe ich ge-
hört, dass man gegen die grassierende Plage durch die
Spanische Wegschnecke auch biologische Mittel einset-
zen kann. Zum Beispiel indem man den Sudrest des
Filterkaffees vor den zu schützenden Pflanzen verteilt.
Werde es gleich einmal mit dem Filterrest von heute
Morgen testen!

15. Juni

Die Lage sah heute beim Kontrollieren schon gut
aus. Noch kein Schaden am Zucchini festzustellen.

Die Himbeeren sind beinahe reif, fast schon süß.
Wieder Inhalt des Kaffeefilters verstreut.

16. Juni

Meine Begeisterung für die Flora wächst und wächst! Hab heute schon Filtersud von der Wohnungs-Nachbarin mitgenommen. Es hat sich herumgesprochen, dass ich es sammle. Wenn ich gewusst hätte, dass Biogartenpflege so leicht sein kann! Im Gartencenter besorgte ich mir einen schicken Strohhut, dazu eine grüne Arbeitsschürze und eine Dreierpackung Gartenhandschuhe aus hochwertigem Spaltleder. Bisschen zupfen hier und bisschen heindln da, macht großen Spaß! Die Himbeeren werden immer süßer, aber ich warte noch zu! Bekam heute Besuch von Gartler und Eichler, ich konnte ihnen aus der Thermoskanne frischen Kaffee aufwarten. Schön langsam bildet sich aus dem eifrig gesammelten Filterrest ein kleiner Kaffeesud-Wall um die Pflanzen. Ich würde gerne in die dummen Gesichter der Schnecken sehen, wenn sie darüber kriechen möchten. Vielleicht bleiben sie durch den Kaffee so wach, dass sie nicht aufhören können zu kriechen, bis sie vor Erschöpfung umfallen?

17. Juni

Weil es mit der Schneckenabwehr bisher so gut klappt, habe ich mein Trinkverhalten umgestellt. Ich trinke den ganzen Tag über nur mehr Kaffee. Habe festgestellt, dass ich dadurch praktisch keinen Schlaf brauche und arbeite mit Erfolg an einem neuen Roman, ganze 35 Seiten schrieb ich heute am Stück! Musste beim Lesen staunen, was mir jetzt so an Einfällen kommt! Nachmittags wieder im Schrebergarten – die Pflanzen gedeihen prächtig. Ich halte mich zurück und freue mich auf die süßen Himbeeren, die ich übermorgen ernten werde! Zur Feier des Tages genehmige ich mir noch eine Tasse Filterkaffee aus der Kanne.

18. Juni

- - - - -

- - - - -

19. Juni.

Augenzeugenbericht von Christl, seiner Nachbarin und Vereinskassiererin:

Günther muss wohl doch kurz auf seiner Liege in der Gartenhütte eingenickt gewesen sein. Er öffnet die Augen, blickt sich um, sieht auf seine Hände, sie sind grün! Ach so, die Handschuhe. Er erhebt sich aus der Liege, der Blick geht weiter durch die halboffene Türe hinaus zum Garten. Erschrocken sieht er blattlose Stängel, am Boden unter den Sträuchern liegen Überreste zerquetschter Himbeeren, die Zucchini sehen aus wie Siebe!

Weidinger schaut hinter seinem Zaun stehend zu ihm her und meint spitz:

„Ist ja alles hin bei dir! Warst du vielleicht die ganze Zeit hier während es gehagelt hat? Ich hab sicher zwanzigmal bei dir angerufen, aber du bist ja nicht ans Telefon gegangen!"

Günther wird schwindlig! Ein Gefühl sagt ihm, dass es jetzt Zeit ist für eine Tasse Kaffee, wie ihn Onkel Franz seinerzeit getrunken hat: halbvoll mit Inländer-Rum und einem Schuss Kaffee...

GELBE ZITRONEN

Eine Frage platzte unerwartet wie eine Wasserbombe in Horsts Kopf, als er gerade vor dem Waschbecken stand. Auf einem Fuß stehend, der andere befand sich eingeseift darin. Zum Duschen war es ihm zu kalt, es war bereits halb zwei Uhr morgens. Vorher hatte er gerade ein Glas warme Milch getrunken, dazu ein Brot mit Butter und Käse gegessen, leicht gepfeffert, und las als Einschlafhilfe noch in der Zeitung. Wie die vorher süßen Zitronen sauer geworden sind, hatte Heinz Erhardt schon in den Sechzigerjahren des 20. Jhdts. sehr hübsch in einem Gedicht erklärt. (sie waren zu anspruchsvoll!). Aber wieso sind Zitronen gelb?

Wieso ist immer alles so wie es ist?

Eine aktuelle Meldung besagte zum Beispiel, dass ein dressierter Hund die diesjährige „Große Chance" im Fernsehen gewonnen habe. Er hatte Hundertschaften an Tänzern, Sängern, Akrobaten und Musiker hinter sich gelassen und jetzt freute sich sein Frauerl über die 100.000 Euro Siegesprämie.

Kopfschüttelnd gab Horst das leere Glas in den Abwasch und schaltete das Leselicht aus. Im Bad streifte er die Socken von den Füßen. Und da geschah es, die Wasserbombe in seinem Kopf war geplatzt: Wieso gewann der erste Preis alles? Die ganzen einhundert Tausender! Seiner Meinung nach wäre es um einiges fairer für die vielen Teilnehmer gewesen, bekäme der erste Platz zum Beispiel 50.000, der zweite Platz 30.000 und der dritte Platz 20.000 Euro! Aber nein, einer erhält alles, die anderen nichts.

Das Wasser rann weiter, gedankenverloren massierte Horst die Zehen seines rechten Fußes. In einem älteren und etwas alternativen Lexikon hatte er gelesen, dass strenggläubigen Moslems die rechte Hand als heilig gilt, man gibt sie nur den gleichgesinnten Freunden. Es ist auch nicht erlaubt, Polizeibeamte zu duzen oder außerhalb von London mit dem Auto auf der linken Fahrbahn zu fahren. Bei einem Fußballmatch ist es sehr angeraten, nicht im Sektor der Fans der gegnerischen Mannschaft auf diese zu schimpfen.

Es ist so, es muss ganz einfach Regeln geben, an die man sich zu halten hat. Wenn es keine Regeln mehr gäbe, ja, wo kommen wir denn dann hin? Also schlüpft Horst als erstes in den rechten Handschuh und natürlich in den rechten Hauspatschen. Das Ausziehen erfolgt logischerweise umgekehrt, also der linke Schuh, der linke Handschuh zuerst und so weiter. Hin und wieder vergisst er leider manchmal auf diese goldene Regel, ganz verinnerlicht hat er sie noch nicht.

Vor einigen Tagen ist ein Problem aufgetaucht. Wenn er zum Beispiel die Schuhe wechseln will, sagen wir vom Garten hinein ins Haus, dann zieht man natürlich zuerst den dreckigen linken Stiefel aus, steht dabei auf dem rechten Bein. Doch der Boden ist nass, wie macht er weiter? Den rechten Schuh soll er ja zuerst anziehen, aber nur der linke Fuß ist frei. Eine Zeitlang hopst er also mit dem rechten Bein bei dem Versuch, den zweiten Stiefel auszuziehen und plumpst prompt auf den Allerwertesten. Vorsichtig, um mit dem linken Bein nicht auftreten zu müssen, richtet er sich im Sitzen auf und überlegt die weitere Vorgehensweise. Nach angestrengtem Grübeln kommt die rettende Idee! Er wird den linken, den nackten, Fuß in den rechten Schuh zuerst stecken, so kann er die beiden Aufgaben gleichzeitig lösen! Der linke Fuß steckt also im rechten Schuh, der zweite Gartenstiefel ist ausgezogen. Wie kommt er jetzt aber mit dem rechten Fuß in den rechten Schuh? Kompliziert, aber er denkt, die Sache wird sich bald lösen, denn hat man die Ordnung einmal geduldig organisiert, dann wird alles Weitere wie von selbst laufen.

Horst trocknet den rechten Fuß ab und hebt den linken über das Becken. Sein Vater fällt ihm ein. Er setzte seinerzeit regelmäßig einen Schein im Fußball-Toto. Wenn bei diesem Spiel in der wöchentlichen Runde niemand einen Zwölfer, also die zwölf untereinanderliegenden Reihen von Spielen zweier Fußball-Mannschaften erraten hatte, wurde auf die Elfer der Gewinn der Zwölfer ausbezahlt, Zehner bekamen das, was die Elfer bekommen hätten und die Neuner bekamen, was an die echten Zehner gefallen wäre. Das Geld wurde jedenfalls ausbezahlt und nicht für die Anhäufung bis zum nächsten Mal zurückbehalten. Der Ausdruck Jackpot war unbekannt, außer in den Spielhallen von Nevada.

Auch die Zehen des linken Fußes genießen das Kneten. Das wohltuende Gefühl und die späte Uhrzeit führen dazu, dass er in dieser Stellung beinahe eingeschlafen wäre. Kurz verliert er das Gleichgewicht, kann sich aber im letzten Moment noch erfangen. Gleichzeitig erschrickt er beim Anblick des wirren Monsters, das ihm aus dem Spiegel entgegenstarrt und ist auf der Stelle wieder munter.

Es ist doch immer wieder interessant, wie psychologisch wirksam einerseits die Glücksspielindustrie vorgeht und sich andererseits die Menschen selbst ein Haxl stellen. Denn wenn die richtigen Zahlen von keinem einzigen Spieler erraten werden, zahlt man keinen Cent vom schon eingesetzten Spielkapital an die Gewinner aus, sondern gibt alles in den sogenannten Jackpot. Aber keine Aufregung herrscht deswegen bei den Spielern, kein einziger verärgerter Leserbrief, kein Flashmob am Hauptplatz, im Gegenteil, man erhebt die verdoppelte Summe in den Nimbus eines absolut zu erstrebenden Zieles. Egal, ob man zu essen hat, mit der Miete im Rückstand ist oder es wieder einen politischen Wirbel gegeben hat – alles wurscht! Der künftige Gewinn wird alle Sorgen verblasen. Deshalb werden noch mehr und noch höhere Einsätze über die Kassentische gereicht, so wird die mögliche Gewinnsumme sozusagen schon einmal verdoppelt.

Und wie ist es erst, wenn wiederum niemand die sechs richtigen Zahlen errät? Der Jackpot wird verdreifacht, vervierfacht! Das steigert sich bis zum Staats-, was sage ich, Europa-, nein Globalanliegen in sämtlichen Medien und an den Stammtischen! Was sind da schon Überschwemmungen, Bürgerkriege, Finanzskandale oder Lebensmittelfälschungen! Da kann man eh nichts machen.

Ihm ist nebenbei gesagt aufgefallen, dass es bei der Bezahlung der Spieleinsätze keinen wie auch immer gearteten Zahlungsaufschub gibt. Man kann nur bar und sofort bezahlen. Mit Sicherheit ist das auch ein Grund für die hervorragende Performance der Spielindustrie. Die Casinos haben im Vorhinein ihre Schäfchen im Trockenen. Im Gegenteil, sie wissen ja schon nicht mehr, wohin mit dem ganzen Reichtum. Die schiere Verzweiflung treibt sie an, zum Beispiel in ökologisch wertvolle Projekte in China zu investieren!

Der Gewinner kriegt alles. Die Verlierer revoltieren nicht, sondern möchten das Glück beim nächsten Anlauf für sich erzwingen! Aber sie werden enttäuscht sein, wenn sie gewinnen, da man ja auf das Verlieren eingestellt ist. Der echte Verlierer weiß, dass er nichts gewinnen kann, alles andere würde die Ordnung stören. Sollte er aber doch einmal gewinnen, weiß er sofort, oje!, der Abstieg beginnt! Jeder noch so flüchtige Bekannte wird morgen vor seiner Haustüre stehen, nicht um ihn anzuschnorren, sondern ihn zu beraten! Selbstlos ist man bereit, das harte Los des vielen Geldes mit ihm zu teilen. Geld macht nicht glücklich. Viele Millionengewinner landen später auf der Straße, weil sie Betrügern aufgesessen waren.

Um diesem Schicksal auszuweichen, wird ihm erklärt, was er an Gutem nun tun könnte! Einer seiner Bekannten träumt schon lange davon, eine Kunstgalerie zu eröffnen und dessen Freundin hat einen Vampir-Liebesroman, quasi als Bestseller, fertig in der Lade. Alleinerziehende Mütter – und auch Väter – würden sich über eine finanzielle Unterstützung sehr freuen, ebenso wie Tierschutzheime, Feuerwehren, Waisenhäuser, Erfinder, die Sporthilfe, Aidshilfe, Covidforschung ... so viel Gutes könnte man mit dem Geld bewirken!

Umsonst müsste er das selbstverständlich nicht tun, o nein! Straßennamen würde man nach ihm benennen, einen Ehrendoktortitel hätte er praktisch schon in der Tasche. So wie auch die Stiftung, in der er sein Geld einbringen wird, selbstredend seinen Namen erhält. Um die Geschäfte müsse er sich nicht weiter kümmern, das machen alles seine Berater. Dann kommt der Tag der Ziehung.

Gottseidank, nichts gewonnen! Die Erleichterung ist groß, denn irgend so ein Einfaltspinsel hat auf seinem Dauerschein, mit zwei vom Computer ausgefüllten Feldern, endlich die richtigen Zahlen für den Jackpot erraten! Diese Riesensumme hätte man nämlich gar nicht haben wollen, da bekommt man, wie gesagt, nur Probleme! Man will ja gar keinen Millionenbetrag gewinnen! 50.000 würden genauso reichen. 100.000 wären natürlich besser, damit könnte man auch für die Enkerl was auf die Kante legen.

Tags darauf sehen wir Horst also frohen Mutes wieder auf dem Weg hin zur Glücksspiel-Annahmestelle seines Vertrauens. Dort füllt er wie gehabt zwei Lottoscheine aus und weil sein kleiner Finger zu zucken beginnt, sagt ihm sein Bauchgefühl: Fortuna zeigt auf dich! Endlich kann er nun wieder unbelastet vom kleinen Gewinn träumen! Der Nächste bin ich! Wer fest genug an die Chance glaubt, wird es früher oder später schaffen!

So in Gedanken vertieft trocknet Horst seine Füße ordentlich ab, gibt den Gelsenstecker in die Buchse und dreht das Licht ab. Das Einschlafen gelingt tadellos. Später wacht er aber auf, mit einem sauren Geschmack im Mund, als hätte er an einer Zitrone gelutscht.

PLASMA

Die schlanke dunkelhaarige Dame vom Empfang begrüßt mich freundlich, fast wie einen guten Bekannten. Ihre knapp schulterlange Frisur wirkt etwas zerzaust, ich vermute aber, dass ihr Friseur diesen Effekt ganz raffiniert so inszeniert hat.

Ich bin nun das zweite Mal hier – aber ich weiß schon: bei der Erstanmeldung hatten wir ungewollt Spaß. Für die Unterlagen sollte auch ein Bild zugefügt werden und irgendwie gelang es mir immer justament dann wegzuschauen, wenn sie auf den Auslöser der Webcam drückte. Eine Reihe von Bildern entstand, die mich schräg außerhalb des Bildes zeigen, von hinten, ohne Kopf und ähnliches mehr. Endlich hatte ich überzuckert, wo ich hinsehen sollte und das Bild war im Kasten.

Sie fährt mit dem Infrarot – Lesegerät über meine Plastikausweiskarte. Dann wickelt sie den Blutdruckmesser über meinen Oberarm. Während sich im Gerät der Druck aufbaut, kontrolliert Frau Hafner mit einem revolverartigen Ding, das sie leicht in mein Ohr hält, meine Temperatur. Einmal noch kurz auf die Waage. Meine Werte sind in Ordnung und sie überreicht mir den Laufzettel.

War da eben ein feuriges Blitzen in ihren Augen? Ich schaue sie nochmals an – nichts! Sie lächelt freundlich. Ein klein wenig irritiert beantworte ich eine Reihe Fragen auf dem Zettel, indem ich die hoffentlich richtigen Kästchen ankreuze. An der Ablage wähle ich eine Zeitschrift zum Lesen aus, stelle mich zur Glastüre und schon wird mein Name aufgerufen.

Nach Angabe meiner Geburtsdaten bereitet Schwester Waltraud alles für die Abnahme vor. Sie frägt mich, ob ich mit oder ohne liegen wolle? Der Sinn der Frage ist mir nicht klar, aber ich denke, wenn schon, dann jedenfalls mit, was das auch immer sei! Sie geht voraus zu einer der rot gepolsterten Liegen. Da stellt sich heraus, meine Liege ist mit Massage! Aha. Ich nehme darauf Platz und sehe mich ein bisschen um.

Auf weißen Transportwägen werden einige mit heller Flüssigkeit gefüllte Plastikbeutel gelagert, ebenso jede Menge Tupfer und eine Schachtel, aus der ständig weiß-transparente Einweghandschuhe entnommen werden.

Ich habe einen Ärmel hochgekrempelt und mich auf der Liege bequem eingerichtet, eine Illustrierte liegt bereit. Auf einigen Liegen sind seitlich, wie ich sehe, ganz neue Tablets montiert, kleine Computer, die man mit dem Finger, über den Bildschirm fahrend, bedienen kann.

Die Schwester rät mir, eine Faust zu ballen, dann ein kurzer Stich, als die Nadel für die venöse Punktion angesetzt wird. Sie klebt das daran aufgesteckte Schläuchchen mit einigen Klebestreifen am Unterarm an. Die Schwester fragt, kennen sie sich aus? Ich nicke, sie führt ein paar Handgriffe aus und die Maschine beginnt.

Klack Tchch jalalalala snsnsnsnsn.

Mit meinem rechten Arm knete ich den blauen Gummiball, dabei wird die rote Lebens-Flüssigkeit auf seinen Weg – durch das von der Schwester auf dem

Gerät angerichtete Labyrinth aus dünnen transparenten Plastik-Schläucherln – gepumpt.

Die erste Abnahme-Phase endet mit einem laut vernehmlichen Klacken, ich pausiere mit dem Pumpen. Irgendwie summt das Gerät weiter, ich verfolge den nun verkehrt fließenden Lauf des roten Saftes durch die Röhrchen, der unterhalb befestigte Beutel beginnt sich mit einer gelblichen Flüssigkeit zu füllen, die seitlichen Lämpchen sind abgeschaltet.

Mein Blick fällt auf die Monitore an der gegenüberliegenden Wand, auf denen Privat-Fernsehen läuft. Eine Frau, ich nehme an die Mutter, nörgelt in einem fort mit ihrer, ich nehme an, Tochter. Abwechselnd schreit eine der beiden. Die Tochter verlässt das Haus, steigt in einen kleinen Wagen, die Mutter folgt bald mit einem großen Auto. Sie bleiben stehen. Die Mutter zerrt das Mädchen von den Freunden weg und schreit andauernd weiter. Da ich keine Ohrstöpsel genommen habe, erspare ich mir die nervigen Dialoge.

Ich wende mich der mit einem Kabel verbundenen Fernbedienung der neuen Massageliege zu und probiere die Tasten. Eine Einstellung knetet mir das Kreuz so durch, dass mir fast der Atem wegbleibt, währenddessen fährt die Lehne auf und nieder. Das ist mir jetzt etwas peinlich, so lasse ich doch nur die Waden massieren und genieße dazu ein leichtes Vibrieren am Rücken.

Andere Leute, die nach mir eintreffen, werden wunschgemäß mit Kopfhörern verkabelt. Die meisten Damen beschäftigen sich intensiv mit ihrem Mobiltelefon, manche Männer versuchen mit den Schwestern zu flirten. Erstaunlicherweise lesen viele in mitgebrachten Büchern!

Die Maschine fährt wieder hoch, die Lämpchen machen mich aufmerksam, wieder mit dem Pumpen anzufangen. Nach kurzer Zeit – ich vibriere, pumpe, drücke, pumpe, vibriere, drücke – lege ich den Kopf zurück und lasse die Zeitung sinken.

Ein lautes warnendes Piepsen ertönt von der Fensterseite her. Das Personal wird aufmerksam, sofort eilt diesmal Pfleger Herbert hin, um sich der Sache anzunehmen. Er hantiert etwas an dem Gerät, schaut den daliegenden jungen Mann prüfend an, schüttelt den Kopf. Der junge Mann mit den Piercings in der Lippe und den Ohrläppchen verstaut etwas unter seinem Sitz. Da, die Maschine läuft wieder rund. Der Pfleger wechselt ein paar Worte und geht dann lächelnd weg. Später werde ich hören, wie er zu einer rothaarigen Schwester grinsend sagt der Junge hätte gar keinen Pressball zum Pumpen verwendet, er wäre durch die Lektüre eines Männer-Magazins mit leicht gekleideten Damen etwas in Wallung geraten, was sich in einem unregelmäßigen Lauf der Maschine mit Bildung von Luftbläschen ausgewirkt hatte.

Neben mir surrt die Maschine mit sechs Lämpchen, zwei würden rot leuchten, wenn etwas nicht in Ordnung ist, darüber zeigen die vier neongrünen LED's den optimalen Zustand an. Ein jovialer Arzt geht durch die Reihen und fragt alle Spender mit sanfter Stimme: „Wie geht es denn? Alles in Ordnung?" Die Angesprochenen antworten jeweils: „Danke gut!" und haben einen leicht ätherischen Ausdruck im Gesicht, der Arzt kritzelt seine Unterschrift auf den Laufzettel.

Ich gebe meinen Kopf wieder auf die Liege, angenehm werde ich mit leichtem Vibrieren lockergemacht. Ich werde immer ruhiger und liege ganz entspannt, beginne wieder mit meiner Hand das blaue Bällchen zu pumpen. Beim Betrachten der Decke über mir sehe ich, sie besteht aus getupft gesprenkelten weißgrauen Quadraten. Zwischendurch eingestreut sind mit einem Viertelkreis geschützte Licht-Elemente und mit Schlitzen sternförmig nach innen geformte Absaugteile für die Klimaanlage.

Im Saal ist es lauter geworden. Ja, wirklich, ein Stimmen-Gewirr schwillt langsam an in die bis eben vorherrschende sanfte Ruhe, schrille Töne mischen sich, Maschinengeräusche entstehen, zischende, fiepsende Laute und es riecht unangenehm nach Schwefel!

Plötzlich sind viele tätowierte Leute zu sehen, sie gestikulieren lebhaft. Fühlbare Hektik! Schatten fegen durch den Raum! Das Licht geht aus und wieder an, zuckende Blitze beleuchten die Szene. Man kann in dem Durcheinander aber nichts Bestimmtes erkennen. Ich höre nicht, aber sehe, wie jemand einen anderen anschreit, wieder andere ertragen die Lage stumm und nur deren Augen schauen aus dem verbundenen Kopf wie die eines unschuldigen Rehleins hervor!

Viele martialisch aussehende Schwestern und Pfleger laufen ständig hin und her, immer wird jemand verkabelt oder entkabelt. Grimmig aussehende Gespenster schweben mit den Beuteln mit Flüssigkeiten in einen Bunker. Eine – ich weiß nicht wie ich es nennen soll – Figur nähert sich meiner Liege! Es ist eine schwarz gekleidete Gestalt mit einem bleichen Gesicht und schlohweißen Haaren. O Schreck – es ist ein Vampir!

Die Gestalt bleibt bei mir stehen. Rot leuchtende Augen starren mich an, er macht den Mund auf zum Sprechen, seine Fratze zeigt mir seine langen Zähne! „Wie geht es ihnen?" faucht er mich an! Ich höre mich nur ganz leise sprechen:

„Danke, mir geht es gut, Meister!"

„Na, das will ich hoffen!",

knurrt er zurück. Wo sein Gesicht sein sollte, ist plötzlich ein unendlich tiefer Schlund. Er dreht sich um, dabei schwingt sein schwarzer Umhang in einer herrischen Bewegung mit. Auf seinen Wink mit der Hand stürzt sofort eine Vampirin herbei. Sie hat ein knappes rotes Mieder an, schwarze Netzstrümpfe und feuerrote Highheels. Ihre langen, schwarzen Locken reichen bis weit auf ihren Rücken hinunter. Sie kommt mit ihrem grell geschminkten Mund immer näher, bleibt nicht stehen, ich rieche ihr derbes Parfum und – oh! wie ich es in diesem Moment heftig ersehne - öffnet sie weit den Mund und verbeißt sich in meinen Hals! Mein Körper zuckt auf, ich spüre deutlich, wie sie mein warmes Blut gierig einsaugt. Mit einem zufriedenen Schmatzen zieht sie nach unendlich langer Zeit die Zähne wieder heraus, mir schwindet das Bewusstsein!

Von weither vernehme ich ein undeutliches Wortgemurmel. Etwas Zeit vergeht, bis ich verstehe, was gesprochen wird. Hallo! Haben Sie gut geschlafen? Seien Sie froh, Sie sind noch rechtzeitig fertig geworden, aber warten Sie bitte noch, bis Sie abgesteckt sind!

Ist das jetzt die feurige Schwarzhaarige? denke ich und sehe mich um, ich muss eingenickt gewesen sein!

Aus dem hellen Plastikbeutel über mir wird Citrat als Kompensation des entnommenen Plasmas in die Ader geführt. Ein Signal ertönt in kurzen Abständen, Schwester Silke kommt herbei. Sie entnimmt mit routinierten Handgriffen den goldbraunen Beutel von dem mannshohen Gerät und legt ihn auf das Transportwagerl. Daraufhin entfernt sie die venöse Punktion an meinem Unterarm und legt an der Einstichstelle einen leichten Druckverband an. Sie lächelt freundlich und entlässt mich mit einem aufmunternden:

„Danke, das war's, bis bald!"

Noch etwas verwirrt, packe ich meine Sachen zusammen. Draußen beim Empfang nehme ich die Vergütung in Empfang, frage nach einem Becherkaffee aus dem Automaten und stopfe einige der kleinen Päckchen mit Traubenzucker in die Hosentasche. Dann gehe ich den Gang entlang und biege um die Ecke, wo die Lifte sind. Ist das ein leichter Schwefelgeruch, der in der Luft liegt? Wir sind im dritten, dem obersten Stock und dieser Lift fährt trotzdem nach oben? Wohin?

Da sehe ich es und unwillkürlich fahre ich mit meiner Hand zum Hals! Denn in einer Rauchwolke entschwindet gerade die Schwarzhaarige mit den roten Stöckelschuhen und dem knappen Korsett, mit dem Lift in den sich verfinsternden Himmel!

HUGO BOHRFRISCH BERICHTET LIVE

„Hallo Regie! Bin ich schon auf Sendung? Ja? Sehr schön!"

„Meine sehr geehrten Damen und Herren, hier meldet sich ihr Reporter Hugo Bohrfrisch mit einem Exklusivbericht vom ersten Intranationalen Holzwurm-Kongress in Mariazell! Viele wurden erwartet, noch viel mehr sind gekommen! Sie hatten mitunter beschwerliche Strapazen auf sich genommen, mussten aus Fensterrahmen, Dachbodenbalken, in einzelnen Fällen auch aus den Tiefen der holzlagernden Keller nach oben kriechen oder sich den Weg durch die Bodenbretter nach draußen erkämpfen.

Zwei Jahre Vorbereitungszeit waren nötig gewesen um die Kunde überall hinzubringen. Tiroler Schützenwürmer, Steirische Jodlwürmer, Salzburger Stierwürmer, Kärntner Schuhplattlerwürmer, Wiener Heurigenwürmer, Burgenländische Rebwürmer, Niederösterreichische Maiswürmer, Oberösterreichische Stahlwürmer und mit der weitesten Anreise endlich auch die Vorarlberger Xiwürmer – alle hatten sie in den vergangenen Jahren nur ein Ziel: den Wurmzentralkongress in Mariazell!

Am Parkplatz beeindrucken die langen Reihen an Dienstgrashüpfern, welche die vornehmen Vertreter der Kammern und der Kirchen bequem und schnell hierher transportiert hatten und sich, bei bester Verpflegung, für die Rückreise stärken können.

Ein buntes Rahmenprogramm wurde vorbereitet, dessen Organisation in bewährter Weise dem vom Fernsehen her schon bekannten, leicht exzentrischen Gerry Käfler oblag. Eine Reihe von Fachvorträgen ist geplant rund um das Thema: Bohren – meine Existenz. Das Sozialwurmisterium berichtet von Aktivitäten im Bereich Gesundheitsvorsorge, unter anderem: Wie verhalte ich mich bei Chemieangriffen. Sicherheitsfachkräfte informieren über die neuen Abstands-Normen bei den Bohrlöchern, raupengerechte Zugänge, sowie Regelungen betreffend Nage- und Ruhezeiten. Ein Thema der Sektion Erwachsenenbildung wird sein: Wie geht es weiter mit mir als Käfer? Einige gewerkschaftlich organisierte Wurmgenossen ließen durchblicken, dass ein Streik nicht auszuschließen sein werde, sollten ihre Forderungen nach höherem Anteil an Stärke im Holz nicht gehört werden, und auch die Aktionsgruppe „Rosa-lila-Wurminnen" hat ein Protestcamp eingerichtet! Spannende Diskussionen also an allen Orten!

Als Hauptattraktion für das abendliche Rahmenprogramm konnte sensationellerweise der derzeit absolute Megastar, der auch als „Volksbalknbohra" bekannte Annobis Cavalier verpflichtet werden. Seine großen Hits wie „Sweet little Würmlein", „Amol verwandl ma uns wieda" oder „I bohr a Loch fir di" hatten den Vorverkauf der Tagungskarten so angeheizt, dass sämtliche Restbohrlöcher ausverkauft sind! Selbst Regenwürmer und Grillen wollten sich diese Show nicht entgehen lassen, für sie wurden Zusatztribünen aufgestellt. Die Einstudierung und Leitung der Tanzeinlagen mit den Eleven des Nymphaliden- Ballets lag in den bewährten Händen des quirligen Willi Cavalier. Dass neben diesem Ausnahmemusiker noch viele andere Teilnehmer in diversen Kultursparten wie Lyrik-, Mundart- oder Haiku-Dichtung ihr Bestes geben oder Filmemacher ihre zumeist dunklen Künste zeigen werden – die wie üblich die Verwendung von Infrarot-Brillen erforderlich machen – war im Vorfeld der Ereignisse fast untergegangen. Doch nun, da es endlich soweit ist, es einen strikten Zeit- und Bühnenplan gibt, sind auch alle Seminare wie die erwähnten Gesundheitsreferate gut ausgebucht.

Organisator Gerry Käfler ist zufrieden, bisher lief alles wie am Schnürchen. Zusammen mit dem Tagungsdirektor General Hieronymus Bohrer von Punktatum konnte ein ansprechendes Programm dieser Konferenz erstellt werden und auch die Unterhaltung wird nicht zu kurz kommen. Das Security-Team, bestehend aus grimmig aussehenden Waldameisen unter dem Kommando von Regionalinspektor Konrad Sechsbein, ist an allen Straßen des Marktplatzes postiert und lassen mit ihren dunklen Sonnenbrillen klar erkennen, dass keine Frechheiten geduldet würden und sie Garant für die Sicherheit sein werden.

Ich sehe gerade, General Bohrer blickt auf seine Uhr, noch zwei Minuten, schon bald geht es los! Er wird die Veranstaltung in bewährter Weise leiten, denn der als alter Haudegen bekannte General Bohrer von Punktatum war schon beim ersten Versuch einer Tagung vor vier Jahren in einer alpenländischen Truhe für die Leitung verantwortlich gewesen. Also in einer Zeit, die die kleinen Würmchen in den Puppenschulen nur von Erzählungen der wenigen greisen Altwürmer her kennen.

Nun gibt der General dem Marschführer einen Wink, worauf dieser den Stab zum Kommando hebt. Die Kapelle, bestehend aus Absolventen der besten Grillen-Musikschulen und gekleidet in eine prachtvolle Uniform, die eigens von der bekannten Designerin Lena Heuschreck entworfen worden war, stimmt am Platz vor der Wallfahrerkirche den traditionellen Zirpenmarsch an, dann bewegt sich die Formation in Richtung Bühne. Dort werden sie schon vom frisch gewählten Baumpräsidenten Sascha van der Larwen erwartet. General Hieronymus Bohrer von Punktatum nimmt neben der Kapelle Haltung an und meldet:

„Kompaniiie, rrrechts schaut! Herr Baumpräsident, die Grillenmusik-Kompanie ist vollzählig zu Ihrer Verfügung angetreten!"

Van der Larwen lächelt etwas scheu und meint:

„Danke Herr General!"

Punktatum nimmt wieder Haltung an.

„Alles hört auf mein Kommando! Habt Acht! Zur Ehrenkompanie abtreten!",

worauf die Kompanie in Zweierreihe links und rechts des Präsidenten Aufstellung nimmt.

Baumpräsident Van der Larwen geht zum Vortragspult und spricht:

„Liebe Käferinnen und Käfer und die, die es noch werden! Herzlichen Dank an die vielen helfenden Beinchen, die diese großartige Veranstaltung ermöglicht haben. Nehmen Sie sich Zeit, besuchen Sie die Seminare und lassen Sie es sich dazwischen bei einem kleinen Zigaretterl gutgehen! In diesem Sinne darf ich diesen intranationalen Holzwurm-Kongress für eröffnet erklären! Glück auf!

Ich glaub, das sagt man so, oder?"

„Meine sehr geehrten Damen und Herren, zum Baumpräsidenten haben sich inzwischen die beiden Ausstellungsleiter Käfler und Punktatum sowie drei hübsche langbeinige Raupen gesellt, die mit den Honoratioren nun in den Festsaal trippeln. Mit der offiziellen Eröffnung durch unseren HBP beenden auch wir die Liveübertragung aus dem Studio im großen Kastanienbaum. Ausgestattet mit Lebzeltriegel und Original-Magenbitter darf ich mich jetzt von Ihnen verabschieden. Einen Dank noch an die Regie und auf Wiedersehen sagt Hugo Bohrfrisch!"

Nur ein Jemand hat an diesem festlichen Tag einen kleinen Grund zur Besorgnis, es ist die Mariazeller Gnadenmutter selbst! Denn trotz des draußen herrschenden Trubels ist ihr nicht entgangen, dass es sich ein vorwitziges Holzwürmchen in ihrem Strahlenkranzrahmen gemütlich gemacht hat.

DER KULTURATTACHÉ UND DER LITERAT

Natürlich gibt es auch in Birkengreith Dichter, Maler, Sänger, also Menschen, die sich mit Kunst und Kultur beschäftigen. Es gibt sie, aber man sieht sie kaum. Künstler, meist gegen Mitternacht in schummrigen Gaststätten anzutreffen, an der Theke lallend über Gott und die Welt räsonierend, Künstlerinnen schon eher, sie erkennt man sofort an ihrem phantasievollen Aussehen.

Kein normaler Bewohner braucht etwas von ihnen oder interessiert sich für ihr Schaffen. Logisch, zu wos braucht ma denn dös? Wenn sie wenigstens etwas produzieren würden, das man für eine Fußball-Siegesfeier oder etwa beim Feuerwehrfest bringen könnte! Etwas Lustiges! Aber immer diese kritischen und nachdenklichen Sachen? Geh bitte, nachdenken, wofür?

Musiker? Die ordentlichen beteiligen sich bei der Blasmusik-Kapelle. Gelegentlich hört man im Ort aus einem der Keller dumpfes Pochen eines Schlagzeuges oder das Jaulen elektrisch verstärkter Gitarren. Das hört sich meist nach einem kurzen anonymen Anruf beim Polizeiposten auf. Und erst die Maler: diese Schmierereien! Würden das die eigenen Kinder machen, die könnten was erleben!

Alles Verrückte. Ein bisschen verrückt muss man aber sein, um aus der Masse herauszuleuchten. Der berühmteste Sohn aus Birkengreith und Künstler im weitesten Sinne war und ist die Filmschauspiel-Legende Arnim Greithenegger.

Begonnen hatte er in einem abgetrennten Teil seines Kuhstalles, wo er sich ein kleines Fitness-Studio mit selbstgebastelten Hanteln und anderen Dingen eingebaut hatte. Durch regelmäßiges Trainieren hatte er sich in einen wahren Herkules verwandelt. Mit Muskeln so dick wie Elefantenbeine, einem Oberkörper wie ein Bär und dazu mit einem Gehirn eines Nobelpreisträgers ausgestattet. Jedes Hemd zerriss, wenn er unversehens die Muskeln anspannte. Kein Wunder, dass ihm die Frauenherzen zuflogen und die Männer eifersüchtig waren. Nur die vollbärtigen sowjetischen Olympia-Teilnehmerinnen kamen ungefähr zu dieser Zeit an das Aussehen der Bodybuilder knapp heran! Pokal um Pokal gewann Arnim bei den Wettkämpfen in Hallikreiz, Haustetten, bis hinein in die Hauptstadt und darüber hinaus. Da war es kein Wunder, dass sein neu ernannter Unterhändler Anfragen aus weit entfernten Gegenden erhielt. Man engagierte ihn mit großartigem Erfolg für den Tonfilm. Am Höhepunkt seiner Karriere wurde er sogar zum Gouverneur ernannt!

Kehren wir zurück nach Birkengreith. Betrachten wir einen aus der Riege der darbenden selbsternannten Künstler, den Hobbyschriftsteller Reinhold B. Grabner, aus der Nähe. Eine regionale kleine Bekanntheit unter Insidern erreichte sein Werbespruch für einen Landwirt, der Fruchtstauden anbaut: Birkengreither Blut ist kein Aroniawasser! Allgemein assoziierte man diesen Spruch aber eher mit dem Fruchtstaudenbauern und machte sich über den Urheber weiter keine Gedanken.

Der Hobbydichter sitzt vor seinem betagten Laptop und tippt die auf der Rückseite eines Erlagscheines seinerzeit hastig draufgekritzelten Zeilen ab.

Auf dem Bildschirm reihen sich Buchstabe an Buchstabe, sie ergeben Wörterketten und daraus entstehen Perlensätze. Im Eifer des Schreibens fallen ihm fortwährend Ergänzungen ein und der entstehende Text nimmt deutlich erkennbar literarische Formen an. Grabner ist unmerklich in eine andere Welt entglitten. Wie im Rausch füllt sich die erste Seite. Manchmal schließt er kurz die Augen und schlichtet Wörter im Geiste so lange um – wie ein Kind seine Plastikbausteine – bis er mit der Formulierung zufrieden ist. Dann huscht ein leichtes Lächeln über sein Gesicht. Bald darauf spitzt er wieder nachdenklich die Lippen und kneift die Augen leicht zu.

Die Laufbahn des Hobbydichters begann in der dritten Klasse der Hauptschule mit dem Aufsatzthema: Mein Lieblingstier. Er hatte einen glatten Einser für seine Arbeit bekommen. Kommentar der Lehrerin:

„Selten, dass da jemand über die gemeine Hausstaubmilbe schreibt."

In der vierten Hauptschulklasse erntete er große Anerkennung durch die Vervielfältigung von Passagen aus Josefine Mutzenbachers Memoiren für die Kameraden. Bis heute hat er als Autor nie mehr so viel verdient. Weiter ging es mit einem Leserbrief an seine Tageszeitung zum heftig debattierten Thema Jugend. Sinngemäß schrieb er dazu:

„Wir Jugendlichen sind nicht so faul, wie jeder behauptet, aber immer arbeiten wollen wir deshalb auch nicht!"

Der Hobbydichter hatte zwar aus Bequemlichkeit nie einen Unterricht im Maschinenschreiben genossen, doch durch viel Übung eine recht ansehnliche Geschwindigkeit mit wenigen Fehlern entwickelt. Mit einem Male ist dann die kreative Phase vorerst vorbei. Der Text wird noch einmal aufmerksam kontrolliert und, wo nötig, Korrekturen vorgenommen.

Dem Hobbydichter drängt sich manchmal ein kleines Schamgefühl auf, weil er mit seiner Schreiberei doch immer viel Zeit verbraucht, worunter seine eigentliche Arbeit naturgemäß leidet. Er verbraucht die Zeit mit Schreiben, anstatt sie wie anständige Bürger, nutzbringend für die Werbeindustrie, vor einem Breitwand-Fernsehgerät zu verbringen. Aber für ihn ist das Schreiben zur Lebensaufgabe geworden und es ergibt sich doch manchmal in einem Geschäft oder auf der Straße, dass er mit den Worten empfangen wird:

„Ah, der Herr Dichter!", oder in Begleitung von Kollegen: „Ja da schau her, unsere Künstler!"

Eines Tages meldete sich der Birkengreither Gemeindesekretär telefonisch im Auftrag des Herrn Bürgermeister. Dieser ließ nachfragen, ob der Hobbydichter beim nächsten Heimatabend nicht ein paar Gedichte vortragen möchte?

Hocherfreut und zu Tränen gerührt, zuerst kein Wort herausbringend, ging der Dichter, der aber auf die wiederholte Frage des Sekretärs augenblicklich zugestimmt hatte, eine Woche später zum Treffen, bei dem der Ablauf des feierlichen Abends besprochen werden sollte. Allerhand wurde beraten, eingeteilt, wer kommt wann dran und so weiter. Erst als sich die meisten Teilnehmer schon zum Gehen bereiteten, richtete der für die Kultur zuständige Gemeinderat das Wort an ihn. Ja, bestätigte der Hobbydichter, er freue sich und habe eine Auswahl selbst geschriebener Gedichte zu sehr vielen Themenbereichen anzubieten. Über Kinder, Natur, Tiere, Lyrisches ...

Nein, meinte der Kulturinspektor, es sollten nur Sachen über den Frühling sein, das heurige Thema. Und gutmütig gab der Kulturexperte dem Hobbydichter noch einen wohlmeinenden Rat:

„Brauchst eh nur im Internet nachschauen, da findet man alles."

Der Hobbydichter bedankte sich, innerlich blutend, nach außen hin mit süßsäuerlicher Miene für den ausgezeichneten Vorschlag des ländlichen Kulturministers, um später eine Notiz in sein Memobuch zu schreiben, eine philosophische Erkenntnis: „Der belesene Kulturbeauftragte in den Gemeinden – ein Mythos! Seltener als Yetis, Nessies oder höfliche Rapper!"

Die Veranstaltung ging glatt über die Bühne. Der Moderator, beruflich erfolgreich als Traktorverkäufer tätig, erzählte den Hausfrauen mit ihren Kindern frohgemut Witze, die weit unter der Gürtellinie lagen. Heidi, eine Dame unbestimmbaren Alters mit Gitarre und Akkordeonist Fritz legten mit volkstümlichen Stücken los, als müssten sie auf einer Almhütte eine Busladung trinkfester russischer Touristen unterhalten. Dann, beim Vortrag der zappeligen Musikschulkinder zittert der Hobbydichter, am Rande zum Wahnsinn, jeden halbwegs richtigen Ton herbei! Er fragt sich, ob die Eltern und Angehörigen vielleicht verrückt seien, denn sie bejubeln die Darbietungen des eigenen Nachwuchses, im Gegensatz zu denen der übrigen Aktiven, mit frenetischem Applaus.

Aber auch der Hobbydichter hatte sich bei der Vorbereitung für diese Feier zu seiner eigenen Überraschung dichterisch in das Thema regelrecht verliebt und war zu erstaunlicher Form aufgelaufen. Da er zu der bescheidenen, aber immerhin doch gewährten Gage auch Essens- und Getränke-Bons erhalten hatte, verkostete er beim Buffet die diversen Weine. Zum einen, um etwaige Nervosität erst gar nicht aufkommen zu lassen und zum anderen, um seine rustikale Leutseligkeit zu demonstrieren.

Bei seinen Einsätzen fühlte er sich ausgezeichnet. Die Gedichte flossen förmlich durch seine Lippen. Dass er so manche Zeile verdreht deklamierte, konnte keiner wissen.

Noch Tage später wurde ihm im Supermarkt anerkennend auf die Schulter geklopft. Wie er zum Beispiel gemeinsam mit Heidi und Fritz, der übrigens aussah wie ein blonder Toni Erdmann, das Lied der Schlümpfe gesungen hätte! Super! Daran konnte er sich allerdings beim besten Willen nicht mehr erinnern! Der Bürgermeister persönlich hätte ihn nach dem Lied an den Tisch zurückbegleitet. Sein Bruder war verständigt worden, um den derangierten Künstler nach Hause bringen zu lassen.

Mit diesem Auftritt war der Hobbydichter nun endlich zur anerkannten literarisch- künstlerischen Kapazität im Ort aufgestiegen. Auch der örtliche Kulturattaché gab dies gerne zu, denn der Dichter war ja schließlich seine Entdeckung gewesen.

Er hatte für ihn auch schon einen weiteren Lesetermin eingefädelt, diesmal im Nachbarort. Von seinem neuen Ruhm geschmeichelt, deklamierte dort der Hobbydichter pathetisch seine Werke.

Danach lud die Bürgermeisterin, mit einem schmucken Schal ausstaffiert, zum Buffet mit nachhaltig produzierten Produkten aus alternativer Landwirtschaft.
Der eigentliche feierliche Anlass im neuerrichteten Sozialzentrum war die Einweihung einer kleinen Spezialabteilung für Gehörlose gewesen. In erstklassiger Weise hatte die Gebärdendolmetscherin die Werke des stolzen Dichters für das zahlreich erschienene Publikum übersetzt.

OH DU STILLE ZEIT

Spätestens wenn auf der Anzeige digitaler Uhren der November in den Dezember wechselt, beginnt wieder das hochstilisierte Gerede von der angeblich stillen Zeit!

Aber bitte, wo ist sie, die stille Zeit? Ist sie auf der Straße? Sicher nicht! Denn Waren müssen transportiert werden, Leute zur Arbeit und Kinder in die Schule gefahren werden. Da, wie wir alle wissen, die Busse und Straßenbahnen immer überfüllt sind und man so lange für die Strecke braucht, ist es natürlich logischer, wenn jeder einzelne mit seinem eigenen Diesel- oder Benzinauto fährt …

Ist die stille Zeit vielleicht im Wald zu finden?

Leider auch nicht. Denn bedingt durch die Saftruhe werden Bäume seit jeher im Winter gefällt. Das Kreischen der Motorsäge verspricht also vielen Menschen Arbeit und Einkommen.

Oder ist die stille Zeit in den Geschäften?

Aber woher denn! Die Vorfreude auf die Weihnachtsremuneration lässt die Geschäftskassen klingeln, es wird mit der Plastikkarte bezahlt, solange bis der Kreditrahmen aufgebraucht worden und die Karte im Inneren des elektronischen Gerätes verschwindet. Dazu dudelt in einem fort Musik, die von schlauen Marketingexperten exakt so komponiert wurde, dass die willigen Käufer dadurch in großzügige Ausgebelaune versetzt werden sollen. Mit Stille kann man logischerweise niemanden zum Kaufen animieren. Um dabei, beim Kaufen, sozusagen wörtlich gesehen, in Ruhe gelassen zu werden, gibt es in den Kaufparadiesen selbstverständlich mäßig bezahlte Kinderanimateure, damit sich die Erwachsenen ungestört dem Einkaufserlebnis widmen können. Die Animateure sind aber erst dann erfolgreich, wenn die lieben Kleinen bei der Aufführung so ordentlich in Fahrt gebracht wurden, indem sie lauthals nach dem Kasperl rufen müssen oder ihn schreiend vor dem Krokodil warnen sollen.

Stille Zeit?

Bei der Suche nach der stillen Zeit kommt Reinhold ein Gedanke. Vielleicht hat der Begriff etwas mit dem Weihnachtslied `Stille Nacht, heilige Nacht` zu tun? Kurze Zeit später sitzt er vor dem PC und liest auf einer Internetseite nach, wie das ewige Lied wahrscheinlich entstand.

Offensichtlich war die alte Orgel in der St. Nikolauskirche in Oberndorf kaputt. Dieser Mangel bewog nun den Schullehrer Franz Xaver Gruber zur Weihnachtszeit 1818, einen vom Hilfspfarrer Joseph Mohr schon zwei Jahre vorher verfassten Text mit einer selbst komponierten Melodie spielbar für die Gitarre zu versehen. Damit versuchte er vermutlich ein bisschen Wohlklang in die anstehende Mettenfeier zu bringen. Mit welchen Erwartungen werden wohl die im nur leidlich beheizten Kämmerchen und mit klammen Fingern gespielten Akkorde erklungen sein? Konnte irgendjemand ahnen, dass dieses Lied einmal von Menschen auf der ganzen Welt am Heiligen Abend vor dem geschmückten Weihnachtsbaum gesungen wird?

Wieder einmal mit diesen Gedanken beschäftigt, schlendert Reinhold vom Grazer Hauptplatz mit den

Adventständen die Herrengasse vulgo Punschmeile hinunter in Richtung der Mariensäule. Seine Hände wärmt er an einem Stanitzel mit heißen Kastanien. Ein paar Stück sind noch übrig, aber er steckt das Stanitzel in die Manteltasche, denn die Stadtpfarrkirche lädt mit unauffälligem Nachdruck ein, mit wenigen Seitenschritten dem fröhlichen Trubel zu entrinnen.

In der Kirche betrachtet er die hohen, den Altarraum umringenden, Glasfenster, die Albert Birkle ab 1950 beim Wiederaufbau nach dem Zweiten Weltkrieg schuf und in denen er als Warnung auch die Kriegstreiber Hitler und Mussolini eingearbeitet hat, da spürt Reinhold plötzlich – endlich er gefunden, was er gesucht hatte!

Denn hier in der Kirche, wohin sich im flackernden Kerzenschein nur wenige Menschen verirrt haben, da füllt sie – mit der Geschichte und den Erinnerungen von vielen hundert Jahren – das große Kirchenschiff so voll, wie man ein heikles Paket mit Holzwolle ausstaffiert – sie, die stille Zeit!

JOSEF DENKT NACH

Die Weihnachtsmette im Dom zu Birkengreith ist soeben zu Ende gegangen. Die Musik klingt noch in Reinholds Ohren nach. Der Chor unter Leitung des Volksschuldirektors hat hörbar ganze Probenarbeit geleistet. Flötende Frauenstimmen wechselten sich ab mit voluminösem Bassgesang, daraufhin wieder Einsetzen des mächtigen Chores. Christoph an der eben erneuerten Orgel malt dazu Ranken um den Gesang, die Orgel begleitet sanft, beginnt zu brausen und treibt den Chor zu klangvollen Höhepunkten.

Bei der Predigt führte Pfarrer Josef in gewählten Worten aus, dass in der heutigen Nacht der unfassbare Gottvater Mensch geworden ist durch das Kind Jesus.

Die Kirchgänger verlassen nach dankbarem Applaus für die Darbietungen die Kirche. Nachdem Reinhold mit dem Mesner Heinz und einigen guten Bekannten gegenseitige Weihnachtsgrüße ausgetauscht hat, steht er nun vor der kleinen Krippe, die auf dem Seitenaltar platziert ist. Sein Blick streift über die in die Jahre gekommene, so aus dem frühen neunzehnten Jahrhundert stammende Anlage.

Vor dem gemalten Hintergrundbild der Stall, eine Bauersfrau mit Tochter. Einer der Hirten trägt ein Schaf auf seinen Schultern, daneben hat sich ein Helfer der noch nicht anwesenden Weisen aus dem Morgenland dazugesellt. Über der Szene der Verkündigungsengel, einen Gloria-Schriftzug in den Händen haltend, und natürlich die wichtigsten, ebenfalls mit viel Gefühl geschnitzten und bemalten Figuren, Josef und Maria mit dem Kind in einem mit Tüchern bedeckten Futter-trog. In einigen Tagen wird die Krippenszenerie dann erst, dem traditionellen Ablauf folgend, mit den restlichen Figuren bestückt.

Während sich die letzten Besucher, gegenseitig Frohe Weihnacht wünschend, ohne Eile zu den Ausgängen begeben, versenkt er sich in den Anblick der Krippenfiguren. Ein Gedanke taucht auf: wie würde diese Szenerie heute aussehen, welche Figuren müsste man heute schnitzen?

Der Berufsstand der Hirten kommt bei uns nur vereinzelt oder wenn überhaupt, in abgelegenen Weltregionen noch vor. Die bei manchen anderen Krippen befindlichen malerischen Weisen auf ihren Kamelen? Fehlanzeige! Da kann man sich eher Gesandte im Auftrag großer Firmen vorstellen, die in gepanzerten Chrysler-, Audi- und Mercedes- Limousinen mit dunklen Fenstern fahren – allerdings oft noch im Convoy. Ein Kind in einem Stall zu besuchen, wäre für diese Leute eine undenkbare Vorstellung. Eher kommen sie zu Business-Terminen mit Großinvestoren in deren Glas- und Betonburgen der Hochfinanz.

Die Bauersfrau? Na ja, einige der hausfraulichen Art gibt es schon noch unter den Frauen, eher bei ganz kleinen Nebenerwerbs-Betrieben. In großen landwirtschaftlichen Anlagen geht es aber auch schon recht geschäftlich zu. Wurst- und Käseplatten für Partys auf Bestellung zubereiten, am Computer die Buchhaltung erledigen, Geld hin und her überweisen, daneben Kurse besuchen über Familienaufstellung oder Klangschalen-Meditation, ein paar Nordic-Walking-Runden, vielleicht auch einmal einen Casino-Besuch einschieben?

Also auch nicht sehr wahrscheinlich.

Was hatten die Leute in der Krippe eigentlich in einem fernen Land zu suchen? Hatten sie eine Reise gebucht, waren sie auf Arbeitssuche? Geld hatten sie keines, soviel steht fest. Selber schuld, man bucht im Voraus mit Zimmerreservierung! In der Hochsaison geht es nicht anders. Alle hier in der Stadt sind sehr beschäftigt, für irgendwelche Extravaganzen von so armen Zugereisten hat niemand Zeit. Das Geschäft läuft wie am Schnürchen, aber der zahlende Gast verlangt nach Aufmerksamkeit, er will umworben werden! Wer da kein Geld hat, muss sehen, wie er zurechtkommt, denn wie sagen wir denn alle im Chor: Uns schenkt auch niemand was und wir müssen sehen, wie wir zurande kommen!

Dann ist da noch Josef.

Er, ein nicht mehr ganz junger Mann aus dem Volk, schaut mit einer Mischung aus Rührung, Freude, Stolz, aber auch mit etwas Sorge, auf den gesunden Knaben in seinem provisorischen Bettchen hinunter. Er denkt an die Strapazen, die er mit seiner schwangeren Frau hinter sich bringen musste, um sich hier für die Zählung einzufinden.

Wozu war diese Zählung denn eigentlich gut? Josef verstand nicht viel von Politik. Tag für Tag erledigte er mit großem Pflichtgefühl die Arbeitsaufträge in seiner Werkstatt. Manchmal dachte er, es wäre schön, hätte er eine Hilfe bei der Arbeit, würde später einmal jemand die Nachfolge seiner kleinen Firma übernehmen?

Er dachte auch ab und zu daran, wie es möglich war, dass seine Frau in gute Hoffnung gelangen konnte. Er, Josef, hatte sich immer an die überlieferte Tradition gehalten, die schon die lange Vorfahrenskette geschaffen hatte. Er war seiner jungen Verlobten Maria nie nahegetreten und konnte sich die Sache nicht erklären. Und er dachte an den Traum, den er vor der Abreise hatte. War es ein Traum oder hatte das Wesen leibhaftig mit ihm geredet? Diese intensive Begegnung beschäftigte ihn sehr! Er hatte sich an den Wunsch des Unbekannten gehalten und seine künftige Frau nicht weggeschickt. In seinem Bekanntenkreis wurde er dafür zwar eigentümlich angesehen, aber was die Leute tratschten, hatte ihn schon früher nicht interessiert.

Maria war ihm eine gute Frau. Manchmal kam sie ihm etwas eigen vor, ihr Gesicht strahlte ein ruhiges, warmes Lächeln aus. Sie hörte sich die Sorgen der Menschen an und half, wenn irgendwo Hilfe gebraucht wurde. Josef konnte sich ein Leben ohne sie nicht vorstellen, ganz egal was kommen sollte oder geschehen war.

In der Stadt war kein freies Zimmer zu finden gewesen, so hatte seine Frau das Kind hier in diesem Stall zur Welt gebracht. Alles war trotzdem gut verlaufen, das Kind war kräftig und gesund. Nun stand Josef da und hing seinen Gedanken nach, bis er plötzlich gewahrte, dass sich fremde Leute im Raum befanden. Er drehte den Kopf zu ihnen, sie sahen wie gebannt zur kleinen Futterkrippe, die als Wiege für seinen Sohn dienen musste. Josef dachte reflexartig daran, sich schützend vor seine Familie zu stellen, aber keiner der Anwesenden machte etwas Bedrohliches. Im Gegenteil, sie stellten mit ehrfürchtiger Scheu Geschenke vor das

Kind. Einen Krug mit Milch, einige Stücke Brot, Datteln und Apfelsinen, was sie gerade dabeihatten.

Wieder öffnete sich die einfache Stalltüre, es guckte ein dunkelhäutiger Kopf mit Kraushaar herein. Er schaute sich sorgfältig um und zog sich wieder zurück. Kurz darauf wurde die Türe weit aufgemacht. Ein strahlendes Licht erhellte den Raum. Mit dem Licht kamen nacheinander drei Männer herein. Sie waren in die prächtigsten Gewänder gekleidet, die man sich nur vorstellen konnte.

Die einfachen Leute wichen respektvoll zur Seite. Die drei Fremden gingen ohne zu zögern hin zur Krippe mit dem Neugeborenen. Sie warfen sich davor regelrecht zu Boden. Nach endlos langer Zeit, in der die übrigen Anwesenden ihren Atem anzuhalten schienen, erhoben sie sich und redeten in einer Sprache, die keiner der Anwesenden verstand.

Josef war neben seine Frau Maria getreten. Einer der Fremdlinge sprach die beiden an. Mit einem fremd klingenden Akzent erklärte er, mit Mühe Worte findend, sie seien weise Männer aus einem weit entfernt gelegenen Land. Sie wären einem leuchtenden Stern am Himmelsdach gefolgt, den sie schon aufgrund ihrer astrologischen Berechnungen erwartet hatten. Hier über dem Stall sei der Stern zum Stehen gekommen und ihnen war klar, dass sie schließlich am Ziel angelangt waren.

Mit geheimnisvollem Ernst sprach er davon, der kleine Junge wäre für die größte Aufgabe vorgesehen, die ein Mensch jemals erleben könne. Er warnte Josef aber eindringlich und riet ihm, so bald als möglich von hier wegzugehen und sich vor dem grausamen König in Sicherheit zu bringen. Mit einem Wink befahl er daraufhin dem jungen Führer, heranzukommen. Dieser brachte nun drei kleine, sogar hier im Dämmerlicht als wertvollste Goldschmiedearbeit erkennbare, Schatullen und stellte sie vor die Krippe. Er öffnete sie. Josef trat hinzu und erschrak: Weihrauch, Myrrhe und Gold befand sich darin, die edelsten Gegenstände die man sich vorstellen konnte! Die drei fremden Weisen machten in ihrer Sprache noch einige geheimnisvolle Sprüche und Gesten und segneten offensichtlich das Kind. Dann gingen sie zur Türe und entfernten sich.

Während sich Maria dem Kinde widmete, überlegte Josef das weitere Vorgehen. Die Warnung der drei Männer nahm er sehr ernst. Er veranlasste, dass seine Familie die notwendigen Registrierungsformalitäten sofort erledigte und sie machten sich gleich danach auf den Heimweg. Sie gingen aber, wie die Weisen angeraten hatten, auf einer anderen Strecke zurück. Die wertvollen Geschenke hatten ihnen unterwegs dazu gute Dienste geleistet.

Man weiß ja, wie diese Geschichte weitergegangen ist. Der Gedanke, welche Leute würden dabei sein, wenn der Erlöser heute irgendwo auf der Welt erscheinen würde, fällt Reinhold wieder ein. Er konnte sich aber beim besten Willen nicht vorstellen, wie das gehen würde.

Vielleicht auch deshalb, weil es eben damals so war und ein neuerliches Erscheinen nicht nötig ist, da wir ohnehin die ganze Botschaft bereits kennen. Wir bekamen die zehn Gebote. Zehn, nicht mehr und nicht weniger. Es ist uns freigestellt, sie einzuhalten. Wir werden zu nichts gezwungen. Liebe zum Nächsten, sorgsamer Umgang mit der Natur und über allem die Zusammenfassung aller Gebote in der Gestalt des dreieinigen Schöpfergottes. So einfach wäre das. Die Apostel waren Menschen aus der Bevölkerung. Sie waren zuerst keine Übertalentierten, keine Zauberer oder Genies. Aber sie hatten sich rufen lassen.

Jemand ruft plötzlich seinen Namen. Es kommt aus der Richtung des Ausganges. Er dreht sich um, da steht seine Familie. Sie deutet ihm zu kommen, um in der Kälte endlich nach Hause gehen zu können.

Das Licht in der Kirche wird abgeschaltet, die Orgel ist verstummt, nur das ewige Licht leuchtet im roten Kandelaber.

Vor der Kirchentüre stehen einige Musiker der Birkengreither Marktmusik beisammen. Reinhold und seine Familie hören noch ein bisschen zu, während die Musiker auf ihren kalten Blasinstrumenten bekannte Weihnachtsweisen spielen. Bald darauf aber stapfen sie mit den anderen Nachzüglern durch den frisch gefallenen Schnee der warmen Wohnung entgegen.

Ab und zu schaut er forschend nach oben in den Nachthimmel. Sterne sind auszumachen, ein besonders heller ist allerdings nicht dabei.

DIE KUPPEL

Nun liebe Leserin, lieber Leser, haben Sie also eine kleine Ahnung, wie es in Birkengreith zugeht. Kommt Ihnen manches bekannt vor? Befanden Sie sich in ähnlichen Situationen? Ja? Sie sehen, die Welt ist ein Dorf. Ein globales Dorf. Jeder kennt jeden, alle sind irgendwie miteinander verwandt, verschwägert, verhabert. Alles bleibt im Dorf, nichts dringt an die Außenwelt.

Manch ein Außenseiter wagte den Ausbruch, doch kaum jemandem ist er gelungen. Alle wurden sie von der Kuppelwache entdeckt und verschwanden daraufhin auf ewig. Niemals ist jemand zurückgekommen. Jeder Sprung in der, alles überspannenden, Kuppel wurde sofort wieder verschlossen, ein Eindringen von außen ist absolut unmöglich. Wie ich zu diesen Aufzeichnungen gekommen bin, werden Sie nie von mir erfahren, es würde Ihrer Gesundheit nicht guttun und meine beenden!

Nur so viel sei verraten: meine Aufgabe ist es gewesen, Ihnen diese dunklen Andeutungen zu überbringen, damit Sie für das Leben lernen.

Denn nicht für die Schule lernen wir, sondern um zu wissen, welche Wabe für uns bereitsteht im großen Bienenkorb der Geschichte. Unsere Aufgabe ist es, die Fugen zu verkitten, Nahrung für die Königin zu bringen und sie vor räuberischen Attacken zu schützen, damit die Brut überlebt – damit wir Zukunft haben!

Denken Sie an Birkengreith, wenn Sie da draußen wieder einmal mit Ihrem Mund-Nasen-Schutz und dem desinfizierten Einkaufswagerl, im Babydinotheriums-Abstand zu den Vorderleuten, an der Supermarktkasse stehen. Von Ihnen hängt es ab, ob und wie die Geschichte – unsere Geschichte – weitergeht!

Und falls Sie sich die ganze Zeit gefragt haben, was es denn nun mit der kleinen blauen Figur mit dem weißen Mützchen zu Beginn der Geschichte von Seite 11 auf sich hat – da muss ich leider gestehen, ich weiß es auch nicht...

FOTOSEITEN

DANKSAGUNGEN

Herzlicher DANK für die Fotoerlaubnis geht an die
Eigentümer des Schlosses Klingenstein.

Herzlicher DANK für die Fotoerlaubnis geht auch an
Das Hochzeits & Eventschloss Vasoldsberg in Graz-Umgebung
www.schloss-vasoldsberg.at

Herzlichen Dank für die Fotoerlaubnis der Kapelle
in Birkengreith geht an die Familie Schemerl.

Herzlichen Dank für die Portraitfotos:
Georg Weinseiss *(A. Puchmann)*
Indra Vitenberga *(B. Valta)*

Herzlicher DANK für die gewährte Unterstützung ergeht an die Gemeinde Vasoldsberg mit Bürgermeister Johann Wolf-Maier. *Vasoldsberg, eine wunderschöne Gemeinde in der Nähe der steirischen Landeshauptstadt* *www.vasoldsberg.gv.at*

Herzlicher DANK für die gewährte Unterstützung geht an den Verband zur Förderung der Regionalentwicklung im Hügel- und Schöcklland - *LAG Hügel- und Schöcklland.* Das Team wird geleitet von Dr. Heinrich Maria Rabl. *www.huegelland.at*

Herzlichen DANK an August (Gustl) Puchmann. Mit dem Motorradfan und Experten für Live-Rock-Konzerte konnte trotz der verschiedenen Lock-downs und -offs ein schöner Nachmittag Mitte 2020 für eine kleine Fototour gefunden werden, dazu kamen einige Fotos aus seinem Archiv.

Walter Bradler beherrscht die Feinheiten der richtigen Rechtschreibung aus dem ef ef, oder heißt es eff eff, Eff Eff? Was bringt es, sich heftig auf die Freiheit der Kunst zu berufen, es gibt nur eine richtige Schreibweise und er kennt deren Geheimnisse. Herzlichen DANK für die Unterstützung!

Das Wichtigste an einem Buch ist nicht der Inhalt, gottbewahre, es ist das Cover. Der Bass spielende Meister der Bits & Bytes, der Raster & Ebenen Alfred Valta packte bei dessen Gestaltung die digitale Trickkiste aus. Herzlichen DANK für das mit viel Geduld und Akribie geschaffene Ergebnis.

Rückseiten-Hintergrund von Philip Pena, Astana/Kazakhstan Көп рақмет! https://pixabay.com/de/users/thephilippena

Foto: Georg Weinseiss

Fotograf August PUCHMANN, geb.1954 Wildon,
ehemaliger Qualitätstechniker.
Hobby Fotografie. Hat bereits als Schüler in Dunkel-
kammer und Atelier beim benachbarten Fotografen
geholfen. Rockmusikfan, liebt die Konzertfotografie,
das Einfangen der Atmosphäre und Dynamik eines
RockKonzertes. Fotografierte 1975 Deep Purple in Graz
- Übergabe der Fotos 2019 an Schlagzeuger Ian Paice!
2009 Einstieg in die Digitale Fotografie. Entdecken der
Landschaftsfotografie. Kameras: Nikon D 4,Nikon D
610; Objektive: Nikon 14-24,24-70,70-200 / f 2.8

Foto: Indra Vitenberga

Autor Bernhard VALTA, in Graz 1957 geboren, wohnt
in Graz-Umgebung. Ehemals selbstständiger Antiquitä-
tentischler. Geprägt von der Atmosphäre der Siebzi-
ger- und Achtzigerjahre: deutsche Liedermacher, Blö-
delbarden, Protestsänger, Glamrock, Austro-Pop;
Nachwabern des vergangenen Weltkrieges, albernes
Kino mit Louis de Funes, Woody Allen, Monty Python,
Kishon, Farkas, Mundl, Piefkesaga. Beim Arbeiten oft
allein. Begann Wortspiele, Nonsens und Gedichtanflü-
ge in einem alten Versicherungskalender mit scheußli-
chem orangebraunen Kunstleder-Umschlag zu notie-
ren. Musikmachen in Pop und Rockbands; lesen, arbeiten, schreiben. Lesungs- und Kulturaktivitäten.

Werkliste

Werkstattbuch: Das 1x1 der Möbelantiquitäten; 2008
K24: Als ich den Waldbauernbub suchen ging; 2013
Erzählung: Servus St. Leonhard; 2016
KV Achteck-Projekt: Trägt die Espe rote Spitzen /
Vai sarkani apšu gali; 2014/16
Beiträge: Schöcklschatz 1-8; 2014-2017
MundArtiges: A Heimatgfühl. 2018
Gedichte: Sonnentaler; 2021(Neuauflage)

Gedichtvertonungen durch Prof. Franz Zebinger.
Teilnahme: Literaturflohmarkt 2.0, Steirische Heimatdichter,
Europäische Kulturhauptstädte zu Gast im Hü-
gel/Schöcklland; Grazer Literatur Club. Kulturverein Achteck; Musikdrama: Bruce & ich. Nebraska – Wagersfeld.

Birkengreith - was sonst?

Oisdan!

Abspann

Meinungen und Reaktionen zu diesem Buch

Arnim Greithenegger, *Kraftlackl und Gavernor:*
Ich verdanke Birkengreith alles. Dort wuchs ich in unserer Frühstückspension auf, kochte für mich meine Mutter Eusebia ihre sensationellen Backhendl und Apfelstrudel. Eines Tages I´ll be back!

Pepi-Opa, *Einheimischer:*
Meine liebste Erinnerung ist der Besuch des Horcher Sepp in Birkengreith. Alle Frühstückspensionen waren ausgebucht. Ich persönlich habe ihn und seine liebe Frau bedient!

Dagobert Truck, *Zwitscherer:*
Make Birkengreith greith again!

Leonard Oberbäck, *Privatermittler:*
Es gibt kein Birkengreith, es hat nie ein Birkengreith gegeben! Die das behaupten, wollen uns Chips implantieren!

Rudolf Sekotil, *fescher Marathonläufer:*
Ich hab den Rohdruck dieses Buches in der persönlichen Rekordzeit von drei Stunden und 58 Minuten gelesen!

Biegler, *Professor: Lassen´s mich in Ruhe,*
ich will von diesem Unsinn nichts mehr hören!

Konrad Cikrowski, *Theater- und Buchkritiker:*
Ich habe gleich vier Bücher für meinen Tisch gekauft, jetzt passt die Höhe zur Couch!